KB008450

상위 0.001% 랭커의귀환 6

2023년 7월 13일 초판 1쇄 인쇄
2023년 7월 18일 초판 1쇄 발행

지은이 유우리
발행인 강준규

기획 이기헌 왕소현 임동관 박경무 강민구 조익현
책임편집 김홍식
마케팅지원 이원선

발행처 (주)로크미디어
출판등록 2003년 3월 24일
주소 서울시 마포구 마포대로 45 일진빌딩 6층
Tel (02)3273-5135 **Fax** (02)3273-5134
홈페이지 rokmedia.com **E-mail** rokmedia@empas.com

ⓒ 유우리, 2023

값 9,000원

ISBN 979-11-408-0879-3 (6권)
ISBN 979-11-408-0799-4 04810 (세트)

ROK
MEDIA
로크미디어

유우리 퓨전 판타지 장편소설

6

상위 0.001%
랭커의귀환

CONTENTS

낙원과 백신

9와 4분의 3번 승강장.

강서준은 나지막이 떠오르는 문장에 쓰게 웃으면서 하나둘 사라지는 플레이어들을 바라봤다.

이루리가 고개를 갸웃하며 물었다.

"적합자. 9와 4분의 3번 승강장이 뭐야?"

"……별거 아냐. 나 대위님이 장난친 거니까."

"응?"

"됐고. 우리도 따라가자."

강서준은 다른 사람이 그랬듯 발아래로 바다가 훤히 보이는 허공을 향해 망설임 없이 발을 내디뎠다.

한 걸음 내디뎠을 뿐인데도 훅 밀려오는 화끈한 공기.

블랙 그라운드 특유의 찬 공기가 아니라, 후덥지근하다고 느껴질 정도로 후끈한 온기였다.

뒤따라 걸어 들어오는 이루리가 미간을 구기면서 말했다.

"도대체 9와 4분의 3번 승강장이 뭔데. 이거 그냥 포탈 아니야?"

"맞아. 포탈."

"응?"

"9와 4분의 3번 승강장도 따지고 보면 포탈과 같은 거거든."

9와 4분의 3번 승강장.

어느 유명한 소설에서 등장하는 특유의 '웜홀'을 말했다. 마법사들만이 다닐 수 있는 학교로 가기 위해 반드시 거쳐야만 하는 그들만의 포탈.

강서준은 넌지시 물었다.

"너는 해리포터 안 봤어?"

"해리…… 뭐?"

"나 대위님은 그냥 소설에서 나오는 문장의 일부를 빗대어 장난친 거야. 별거 아니야."

"……흐으음. 봤던 것도 같은데."

여전히 고개를 갸웃하는 이루리는 돌연 밝아진 시야에 눈살을 찌푸렸다. 손으로 앞을 조금 가렸다가 펼쳤을 때는 감탄 먼저 터져 나왔다.

"우와…… 여기 뭐야? 적합자. 여기 대체 뭐냐고!"

강서준도 밝아진 시야에 적응하자 보이는 풍경을 보면서 나지막이 침음을 삼켰다.

'여긴…….'

눈앞에 펼쳐진 풍경은 하얀 백사장 위로 야자수가 즐비하게 늘어져 있었다.

해변엔 많은 사람들이 일광욕을 즐기고, 노점상들은 각종 음료들을 팔기 위해 돌아다녔다.

이루리는 투명할 정도로 맑은 바닷가로 달려가더니 물에 손을 담그면서 말했다.

"적합자! 진짜 바다야!"

"……어."

"으으! 짜! 이거 진짜 바닷물이야!"

"어어. 그래."

강서준은 약간 벙한 얼굴로 고개를 끄덕였다. 솔직히 종전까지 있던 곳과 너무 괴리가 커서 눈으로 보고도 믿기 어려웠기 때문이었다.

앞서 걸어갔던 나한석이 강서준을 발견하더니 말했다.

"어때요? 굉장하죠?"

"……네. 솔직히 이런 데인 줄은 몰랐습니다. 기껏해야 자그마한 은신처를 생각했는데."

"저도 처음엔 꽤 놀랐습니다. 다들 이곳을 두고 '낙원'이라

하는 데엔 그만한 이유가 있는 거죠."

낙원.

강서준은 그 말에 절실하게 동의했다. 눈앞에 보이는 풍경과 너무나도 딱 어울리는 단어가 아닐 수 없었다.

강서준은 헛웃음을 삼켰다.

"……여긴 정말 평화롭군요."

지나가는 사람들의 얼굴엔 아포칼립스의 세계관에서 흔히 볼 수 있는 '그늘'을 찾기 어려웠다.

백사장에서 물장난을 치는 연인과 가족들, 이를 지켜보며 힐링을 즐기는 사람들이 있었다.

그 뒤로 우후죽순 자리 잡은 아름다운 외관의 건물들은 마치 그리스에 있는 유명한 휴양지를 떠오르게 했다.

과연 이게 정말 그가 아는 드림 사이드 속 풍경이 맞을까?

아무리 봐도 멸망 직전에 놓인 세계라고 보기엔 괴리감이 지나치게 컸다.

무너져 버린 폐허였던 카누비스에서 이곳으로 넘어와서 더욱 그렇게 느끼는 걸지도 모르겠다.

나한석은 고개를 끄덕이며 답했다.

"아무렴 마지막으로 남은 안전 구역이니까요. 평화로워야죠."

"……마지막 안전 구역."

"어쨌든 환영합니다. 전 낙원에 강서준 씨가 오신 게 얼마나 든든한지 몰라요."

그리고 나한석은 그에게 다가온 일련의 플레이어 무리를 마주했다. 여기까지 함께 외부 작전을 수행해 온 그들은 나한석의 말을 기다리고 있었다.

"이번 임무도 고생했고 다들 들어가서 쉬도록 해. 내일 오전엔 전체 회의가 있으니 너무 늦지 말고."

"네!"

"아, 김시후는 혹시 모르니 치료소부터 들러. 포션 챙겨 먹는 거 잊지 말고."

"알겠습니다."

"그럼 해산!"

그렇게 뿔뿔이 흩어지는 플레이어들을 일별한 나한석은 강서준에게 돌아왔다.

그는 백사장의 한쪽을 가리키며 말했다.

"그럼 도시를 한번 둘러보겠습니까?"

"……그래도 됩니까?"

"물론이죠. 앞으로 강서준 씨도 살아갈 곳인데."

나한석은 강서준을 데리고 여유롭게 해변을 걸었다. 그는 이 도시에 대해서 여러 가지 말을 늘어놓으면서 다양한 정보를 건네줬다.

"여긴 상업 지구입니다. 쇼핑은 이곳에서 하시면 되고, 뭔가 팔 게 있으시면 중앙에 있는 조합원을 찾아가시면 될 겁니다.”

가판대엔 여러 가지 물건들이 나열되어 있었다. 플레이어부터 NPC까지, 곳곳에 섞여 물건을 사고파는 풍경이었다.

꽤 진귀한 아이템도 있었다.

나한석은 상점가 한쪽에서 노릇노릇하게 구워진 닭꼬치를 구매했다.

“세 개만 주세요.”

그리고 붉은 양념을 먹음직스럽게 바른 직화 닭꼬치는 이루리와 강서준에게 건네졌다.

이루리는 함지박 웃으면서 받았다.

“흐아아, 적합자아. 이거 너무 마시써.”

“……다 씹고 말해. 더럽잖아.”

이루리는 꼬치 하나를 완전히 섭렵하고, 또 다른 먹거리를 찾아 눈을 빛냈다. 보면 볼수록 먹을 거 하나에 한없이 약해지는 녀석이었다.

전생에 못 먹고 죽은 한이라도 맺혔나.

강서준은 곳곳에서 풍겨 나는 휴양지의 여유로움에 헛웃음을 삼키며 물었다.

“여기 대체 뭡니까?”

“말했잖아요. 낙원이라고.”

“……이래도 돼요?”

“물론이죠. 누차 말했듯 여긴 유일하게 남은 안전 구역입니다. 걱정 안 하셔도 돼요. 그리고 무려 9와 4분의 3번 승강장을 넘었잖아요?"

강서준은 너털웃음을 터뜨리는 나한석을 말없이 응시했다. 그는 머리를 긁적이더니 말을 이었다.

"……모르시나? 어쨌든 여긴 백신들도 찾을 수 없어요. 드림 사이드 1의 지도에도 나오지 않는 곳이니까."

"지도에도 나오지 않는 곳?"

"네. 아무래도 서비스 종료 이후에 만들어진 도시 같아요."

지도에도 드러나지 않아 백신조차 찾질 못하는 도시. 설마 시스템마저 이곳을 발견할 수 없는 걸까.

강서준은 미간을 구기며 물었다.

"그게 가능해요?"

"글쎄요. 가능하니까 있지 않겠어요?"

속 편한 소리를 하던 나한석이 다음으로 안내한 곳은 외관이 꽤 화려한 여관이었다.

"풍경이 좋은 곳으로 골랐습니다."

바다가 보이는 예쁜 곳이었다.

멀리 수평선 너머로는 아마도 '블랙 그라운드' 내지 '멸망한 세계'가 있다는 게 믿기지 않을 정도로, 햇빛에 반사되어 보석처럼 반짝이는 풍경이었다.

나한석은 열쇠를 건넸다.

"오늘은 여기서 쉬시고 자세한 얘기는 나중에 하겠습니다. 저는 이만 물러나죠."

"⋯⋯알겠습니다."

나한석은 총총걸음으로 멀어졌다.

그렇게 그와 헤어진 강서준은 말없이 파도가 철썩이는 바다를 바라봤다.

에메랄드빛 바다. 만약 세상에 드림 사이드가 나타나질 않았다면 언젠가 그도 여행 삼아 이런 바다를 놀러 왔을지도 모르겠다.

강서준은 헛헛하게 웃었다.

그리고 침대 위를 몇 번 뒹굴던 이루리가 강서준을 올려다보며 말했다.

"적합자. 나한석 대위란 사람 계속 거짓말을 하고 있는 건 알지?"

"응. 알아."

"근데 왜 가만히 있어?"

강서준은 여전히 평화로운 도시의 정경을 둘러보며 어깨를 으쓱했다.

"⋯⋯나도 이런 휴양지는 처음이라. 좀 더 즐기고 싶은 마음 반."

"반?"

"아무래도 사정이 있는 것 같은 추측 반."

이루리는 그런 강서준을 바라보다 고개를 절레절레 저었다. 그러고는 나지막이 한마디를 덧붙였다.

"아, 맞다. 적합자. 한 가지 더 정정할 게 있어."

"뭔데?"

"이제야 기억났는데. 해리포터에 나오는 그거 9와 4분의 3번 승강장이 아니라, 9와 4분의 3번 선착장 아니야?"

강서준은 말없이 이루리를 내려다봤다.

밤이 늦은 시각.

아스라이 떠오른 달 아래로 고즈넉한 파도 소리만 철썩일 즈음.

예상했던 대로 어둠을 배경 삼아 나한석은 은밀하게 강서준의 방으로 들어왔다.

"……안 주무시고 계셨군요."

"네. 올 줄 알았으니까요."

작은 호롱불 하나 없이 조용히 나타난 나한석은 주변을 살피더니 일단 무언가를 조작했다.

['방음 마법진'이 설치되었습니다.]

[30분 동안 이곳의 소음은 외부로 새어 나가지 않습니다.]

그는 잠시 말이 없다가 입을 열었다.

"생각할수록 신기하군요. 강서준 씨는 뭔가를 이미 알고 계시는 겁니까?"

"글쎄요. 전 그저 예상을 했을 뿐이죠."

다시 생각해도 낙원이라 불리는 이 도시는 터무니없다.

과연 멸망 직전에 놓인 세계에서 이렇게 완벽히 안전한 도시가 존재할 수 있을까?

강서준은 바로 부정했다.

'애초에 드림 사이드는 힐링 요소가 다분한 게임이 아니야. 낙원 따위가 존재할 리가 없지.'

이미 세계의 대다수는 멸망했다.

그나마 남아 있는 유일한 '안전 구역'이 정말 안전할까? 설혹 초읽기에 들어간 '멸망 예정 도시'는 아닐까.

강서준은 후자에 무게를 뒀다.

시스템이란 '신'이 직접 나서서 이 세계를 말려 죽이려는 판이다. 지도에 안 나온다고 안전하다는 보장은 어디에도 없는 법.

강서준은 다시금 창밖 풍경을 내려다봤다. 참으로 고요하기만 한 도시의 정경은 역시 믿기 어려울 정도로 비현실적인 것이다.

'여긴 폐허 위에 지어진 모래성이야. 언제 파도에 휩쓸릴지 모르는 그런 모래성……'

나한석은 그제야 솔직하게 입을 열었다.

"낮엔 진실을 말하지 못한 점 죄송했습니다. 우리는 가능한 한 관련된 단어를 금기로 여기거든요."

"⋯⋯금기라고요?"

"네. 다들 오늘 하루를 살더라도 마지막이 아닌 것처럼 살고 싶으니까요."

나한석은 쓰게 웃으면서 말했다.

"해서 우린 외부 탐사를 나가는 인원을 제외하고 전부 '기억'을 봉인해 둡니다. 특정 조건이 발생하기 전엔 모두 잊고 지내는 거죠."

"⋯⋯그게 가능해요?"

"됩니다. 왠지 모르겠지만 낙원엔 그런 일을 가능하게 해 주는 아이템이 있더라고요."

그리고 나한석은 쓸쓸한 눈으로 강서준을 바라보면서 말했다.

"어쨌든 강서준 씨가 이 타이밍에 이곳에 온 건 정말 천만다행이라고 생각합니다."

"무슨 뜻이죠?"

"사실 한 달 전부터 백신의 움직임이 심상치 않았거든요. 카누비스로 광신도가 나타나고, 블랙 그라운드 곳곳에 백신이 보이기 시작했으니까요."

나한석은 이 세계에 이제 생존자들도 몇 남지 않았다고 말했다. 아무래도 이 도시에 거주하는 이들을 제외하고는 모두 지워진 것이다.

"더 이상 사냥할 게 없어진 놈들이 향할 곳은 결국 여기일 겁니다."

"……침공이 예정됐다는 겁니까?"

"가능성을 부정할 수 없어요."

모래성인 줄은 알았지만 곧 해일이 들이닥칠 모래성일 줄이야.

강서준은 가볍게 혀를 차며 물었다.

"혹시 백신들의 전력은 어떻습니까?"

"어림잡아 수백은 될 겁니다."

"그 구슬이 수백이라……."

강서준은 나지막이 한숨을 삼켰다.

단 한 놈으로도 죽을 듯이 힘들게 싸웠던 기억이 있었다. 그 괴물 같은 놈이 수백이라고?

그때 나한석이 강서준의 말을 부정했다.

"구슬이 아닙니다. 적어도 3단계 형태의 백신만 수백을 넘을 거라는 얘기죠. 1단계는 결국 3단계의 과거에 불과하니까요."

여태 들은 얘기 중 최악이었다.

그 무지막지한 괴물 수백 마리가 이 도시로 진군해 온다면 과연.

'하기야 이 세계를 지우기 위해 태어난 놈들이야. 그 정도
는 당연하려나…….'

근본적인 물음도 생겨났다.

"막을 수 있는 겁니까?"

"계획은 있습니다만 모르죠. 확실한 건 막지 못하면 죽는
다는 겁니다."

미간을 구긴 강서준의 시야에 나한석의 총이 걸렸다. 그러
고 보면 그는 그 총으로 백신을 쓰러트린 전적이 있었다.

닿는 걸 모조리 소멸시키는 무적의 백신을 쓰러트리는 무
기라…….

"그 총…… 백신에게 치명타를 입힐 수 있는 거죠?"

"네."

그는 총을 테이블 위로 올리면서 말했다.

"제가 아는 걸 전부 알려 드리겠습니다. 오늘 이곳에 온
이유는 전부 그러기 위함이니까."

⁂

"일단 우리가 상대하는 적이 무언지 먼저 이해하는 게 빠
를 겁니다."

나한석은 대뜸 스마트폰을 꺼내어 사진을 몇 장 보여 줬
다. 첫 장엔 눈동자 같은 구슬 녀석이 찍혀 있었다.

"우린 이놈을 1단계 형태라고 말합니다. 별거 아닌 것처럼 보이지만 혼자서 레벨 300대 몬스터도 감당해 내는 괴물이죠."

켈베로스나 외눈박이 가고일이 저항 한 번 못 하고 소멸했던 장면이 아스라이 떠올랐다.

그게 고작 1단계.

"그리고 이게 2단계 모습이죠."

카누비스에서 날개가 돋아났던 구슬의 모습부터 다양한 형태를 한 구슬들이 있었다.

어떤 놈은 덩치만 대단히 컸다.

또 어떤 놈은 크기는 작았지만 그 숫자가 수십 개로 분열되어 있었다.

나한석은 혀를 차면서 말했다.

"2단계부터는 형태 변화란 걸 합니다. 상대하는 적의 수준에 맞추어 진화하죠."

해서 어지간해선 2단계의 수준까지 올라가진 않는다고 했다.

애초에 그 정도에 이르려면 못해도 레벨만 400을 넘겨야 하니까.

"해서 저도 많이 놀랐습니다. 2단계를, 그것도 갓 전입한 플레이어를 상대로 보게 될 줄은 몰랐으니까요."

강서준은 쓰게 웃었다.

레벨 400대 몬스터라…….

그런 괴물에 맞추어 진화한다는 백신이 대관절 왜 강서준을 상대로 2단계 진화를 거듭했는지 아무리 생각해도 모를 일이었다.

혹시 '케이'라는 유명세 때문일까.

"그리고 이놈이 3단계입니다."

한눈에 봐도 완전한 사람의 형태였다. 강서준은 이놈을 잠깐이지만 실물로 봤고, 그 강함을 직면했다.

"이놈은 어느 정도죠?"

"혼자서 용도 때려잡아요."

"……S급."

"네, 그러니 이번엔 운이 좋은 겁니다. 기습으로 어렵지 않게 처치할 수 있었으니까."

만약 기습으로 처치하지 못했다면 어땠을까. S급 용을 죽인다는 백신이 본격적으로 공격을 감행했다면?

강서준은 밀려오는 두통을 느꼈다.

문제는 나한석의 말이 아직 끝나지 않았다는 것이다.

"이보다 높은 진화 단계가 있다고 들었습니다만, 저조차 본 적은 없습니다."

"용보다 높은 수준이라고요."

"네. 이곳은 드림 사이드 1이니까요."

맞는 말이었다.

용…… 물론 상당히 강한 놈들이지만 이 게임이 섭종을 할 즈음엔 충분히 공략 가능한 개체였다.

슬슬 S급 던전의 공략법도 익히 알려진 뒤였으니까.

나한석은 어깨를 으쓱이며 말을 이었다.

"아시다시피 이놈들, '백신'이라 불립니다. 이미 서비스가 종료된 세상에서 꾸역꾸역 살아가는 '찌꺼기'를 지우려고 나타난 존재들."

"……꽤나 표현이 적나라하군요."

"틀린 말은 아니니까요. 저들의 입장에서 우린 버그일 따름입니다."

강서준은 고개를 끄덕여 수긍했다.

닿는 것들은 모조리 소멸…… 아니 삭제시키는 놈들이 '백신'이라면, 그 반대에 위치한 이들은 '버그'라 불려도 하등 이상할 게 없다.

다소 불쾌하더라도 현실이었다.

이미 서비스가 종료된 세계…….

종말된 세계를 살아간다는 건 그런 것이었다.

"하지만 거기서 힌트를 얻었죠."

"……네?"

"우리의 처지를 이해하고 상대를 인정하니, 그제야 적을 상대하는 방법을 알겠더라고요."

나한석은 총에서 탄알집을 제거하더니 그 안에 장착된 총알을 보여 줬다. 자세히 보니 빼곡하게 무언가가 가득 적혀 있었다.

"이것이 우리가 찾아낸 답이자, 우리를 지켜 줄 유일한 힘입니다. 무언지 아시겠습니까?"

강서준은 미간을 좁히며 총알을 살펴봤다.

상대가 백신, 그들이 버그이기에 찾아낸 유일한 무기라.

강서준은 불현듯 떠오른 생각에 헛웃음을 삼켰다. 백신에게 치명적일 게 뭔지 생각해 보면 간단한 문제였다.

"……바이러스군요."

"네. 정확히는 '자가 복제 바이러스'입니다. 끊임없이 스스로를 복제해서 데이터를 폭주시키죠."

"과연……."

구슬 형태의 1단계 백신은 고작 호수에서 무수한 데이터를 주입당해 '렉'이 걸렸다.

3단계로 각성한 덕에 쓰러트리진 못해도, 2단계까지만 해도 호수 작전은 성공이었다.

'자가 복제 바이러스는 끝없이 스스로를 복제해서 데이터양을 부과시킬 거야. 말 그대로 백신에겐 치명적인 독이겠어.'

바이러스로 인해 백신의 데이터 삭제 총량을 넘기는 일.

그게 버그가 되어 살아남은 플레이어와 낙원의 NPC들이 찾아낸 생존법이었다.

"흥미롭군요."

서비스가 종료된 세계에 너무나도 잘 어울리는 무기가 아닌가.

나한석은 다시 탄알집을 장착하며 말했다.

"우리도 우연히 발견한 기술입니다. 낙원엔 생각보다 많은 게 숨겨져 있었으니까요."

낙원은 일종의 관리자가 남긴 안배였다.

섭종 된 이후의 세계에서 지도에도 드러나지 않는 마을. NPC의 기억을 봉인할 수도 있는 특이한 아이템이 숨겨진 장소.

그런 곳이 일반적인 게임 시스템일 리는 없다.

결국 강서준이 재앙의 유성에서 '백도어'를 발견했듯, 플레이어나 NPC는 멸망한 세계에서 이곳을 발견한 것이다.

거기서 백신과 싸울 무기를 찾아내고, 활용법을 연구해서 실사용하는 단계까지 다다른 것이고.

"백문이 불여일견이라고. 총을 직접 쏴 보면서 바이러스를 다루는 법을 익히면 좋겠지만…… 아무래도 지금은 좀 어렵습니다."

"괜찮습니다."

양해를 구하던 나한석은 조심스레 강서준을 바라봤다. 그는 잠시 머뭇대다가 물었다.

"혹시 서울의 소식을 알려 주실 수 있겠습니까?"

"구체적으로 어떤……."

"아크요. 아직 멀쩡하죠?"

불안한 듯 떨리는 그의 시선을 보며 강서준은 천천히 고개를 끄덕였다. 괜찮을 것이다. 지금쯤 달이 추락하고 있을 테지만 아마 무사하겠지.

"멀쩡할 겁니다. 사소한 문제가 남아 있지만 그조차 해결 못 할 이들이 아니니까."

김훈, 나도석, 링링, 최하나…… 유능한 플레이어들이 고작 2회 차 공략이 진행되는 던전을 실패로 마무리할 리가 없었다.

강서준이 없더라도 충분히 해낼 것이다.

믿을 수 있었다.

나한석은 가슴을 쓸어내리면서 말했다.

"정말 다행이네요. 하아……."

"그나저나 나한석 씨는 이곳에 대체 언제 유입된 거죠? 들기론 플레이어들의 유입 시기는 전부 다른 듯하던데."

"전 아마 로테월드가 소멸되고 2주 정도가 지났을 쯤입니다."

나한석은 소멸한 로테월드에서 관련 정보를 조사하고, 탐색하던 중 알 수 없는 '웜 홀'에 빠졌다고 한다.

그가 괜히 9와 4분의 3번 승강장이랍시고 장난을 치는 이유가 그곳에 있었다.

"……고생이었겠군요."

"네. 아무래도요."

대화는 길게 이어졌다.

이후로도 경험담을 섞어서 한참을 떠들던 나한석은, 달이 뉘엿뉘엿 사라지고 아침 햇살이 창가를 밝힐 즈음에야 그의 숙소로 돌아갔다.

✦

다음 날.

거의 밤을 새운 주제에 체력도 많은지, 아침 일찍부터 회의까지 마친 나한석은 다시 강서준을 찾아왔다.

바이러스를 이용한 총기 활용법을 알려 주기로 약속했기 때문이었다.

강서준은 나한석을 따라 낙원의 한쪽에 마련된 비밀 훈련장으로 이동할 수 있었다.

"오늘 우리가 이곳에 온 이유는 표면적으로는 강서준 씨의 능력을 파악하기 위함이죠. 새로운 플레이어의 등장이니 다들 대충 이해하고 넘어갈 겁니다."

고개를 끄덕이며 입성한 훈련장은 생각보다 말끔했다. 본래 드림 사이드 1의 세계관이던 '판타지'는 도통 찾아볼 수 없을 정도로 새하얀 벽면으로 둘러싸여 있는 게 또 신기했다.

갑자기 SF 영화 속에 들어온 기분이네.

"이게 다 뭡니까?"

"보기와는 다르게 훈련장입니다. 어쩌면 백신을 상대하기 위해 만든 바이러스 연구소라고 봐도 되고요."

방 한가운데엔 덩그러니 투명한 유리방이 있었는데, 그 안엔 구슬 하나가 두둥실 떠 있었다.

강서준이 물었다.

"이놈…… 진짜입니까?"

"진짜처럼 만든 가짜죠."

터무니없지만 나한석은 서울에서 컴퓨터를 조작하듯, 기계를 만져 유리방의 문을 열었다.

판타지 세계관이던 드림 사이드 1에 대체 무슨 일이 일어난 건지.

고개를 절레절레 젓던 강서준은 나한석이 건넨 총을 받아 들었다.

"어때요. 한번 쏴 보시겠어요?"

"네. 그럼……."

"사용법은 간단해요. 여기 버튼을 누르시면 '특수 탄환'이 장전될 겁니다."

강서준은 나한석의 말마따나 특수 탄환을 장전하자, 철컥이는 소리와 함께 뭔가가 걸렸다.

"한번 쏴 보세요."

고개를 끄덕인 강서준은 호흡을 가다듬고 차분하게 총구

를 구슬에 겨눴다.

이미 20대 초반에 병장 만기전역을 한 예비군 8년 차 강서준에게 있어 총을 다루는 건 어려운 일은 아니었다.

타아아앙!

하지만 총알은 가짜 백신에 닿자마자 소멸했다. 강서준이 미간을 구기며 나한석을 바라보자, 그는 어깨를 으쓱일 뿐이었다.

강서준은 재차 장전했다.

타앙! 타아앙!

이번에도 총알은 속절없이 소멸했다. 아무래도 나한석이 알려 준 것 이외의 사용법이 더 있는 듯했다.

강서준은 총구를 내리면서 말했다.

"슬슬 방법을 제대로 알려 주시죠."

씩 웃는 나한석. 그는 옆에 진열되어 있던 또 다른 총을 가져와, 강서준이 했던 것처럼 비슷한 과정을 거쳐 구슬을 조준했다.

"2단계 백신을 보면 형태가 다 다르듯 백신이라고 모두 다 같은 백신은 아닙니다. 즉 같은 바이러스가 통할 수는 없다는 거죠."

타아앙!

쏘아 낸 총알은 강서준이 그러했듯 소멸했지만, 나한석은 당황하지 않았다.

타앙!

그가 버튼을 눌러 또 뭔가를 조작한 뒤, 다시 발사한 총알은 종전보다 더 느리게 소멸했다.

나한석은 몇 번 더 조작하면서 방아쇠를 당겼다.

탕! 탕! 타앙!

백신의 몸을 노리던 총알이 점점 더 깊숙이 박혀 들어갔다. 이내 코앞까지 근접하자 나한석이 말했다.

"저마다 필요한 바이러스가 다릅니다. 이놈은 B097 바이러스가 적합하겠어요."

타아아앙!

나지막이 울린 총성 너머로 적중당한 백신은 부들부들 떨다, 소멸했다. 드디어 바이러스가 통한 것이다.

"이해하시겠습니까?"

"······꽤 까다롭군요."

"걱정 마세요. 금방 익숙해지실 테니까."

이후로도 몇 번 시범 삼아 바이러스를 다루는 법을 보여 준 나한석은 다시 뒤로 물러났다.

그가 조언하듯 말했다.

"요점은 하나입니다. 백신에게 통할 바이러스를 찾아내세요."

"······범위를 조금씩 좁혀 가는 거군요."

"네. 그것만이 방법입니다."

나한석은 다시 가짜 백신을 소환해 냈다. 강서준도 총구를 겨누면서 버튼을 조작해 봤다.

'A부터 Z까지…… 거기에 0에서 100 사이의 총알이라.'

일단 A탄을 조준해서 쏴 봤다.

미동도 없는 백신.

'A탄은 아니고.'

다시 총알을 장전하며 버튼을 조작했다. B탄을 넘어 E탄에 다다랐을 즈음에 백신이 살짝 일렁였다.

'E탄에서 범위를 좁힌다.'

1에서 100까지 나눈 E탄 중 일단 50번째 총알을 쏘았다. 반응이 강렬해진다면 50번에서 가까운 탄을 찾아내면 될 것이다.

'……반응이 없어. 그러면?'

E015탄을 쏴 보고, 다음엔 E075탄을 쏴 봤다. 반응은 75번 탄에서 나왔으니 범위는 확 좁아졌다.

강서준은 연속으로 발사하다 겨우 E064탄으로 백신을 소멸시킬 수 있었다.

"후우우……."

긴 숨을 토해 내니 박수를 치는 나도석이 보였다. 그는 진심으로 축하하면서 말했다.

"배우는 게 빠르시네요."

"……그러면 뭐 합니까? 이거 실전에선 도통 못 써먹겠는데요."

"뭐 연습은 필요하겠죠."

확실히 나한석은 몇 발 쏘지도 않았는데도 적합한 바이러스를 찾아냈다. 과연 거기까지 해내기 위해 어떤 노력을 해 왔을까.

"요령은 놈들의 반응을 잘 기억하는 겁니다. 전혀 반응이 없는 것처럼 보여도 어떤 바이러스에 적합하냐에 따라 그 반응이 다 다르게 존재하니까."

그 미세한 차이를 찾아내어 분석하고, 또 연구한 뒤 전부 외워서 쓰는 거란다.

실제로 E탄에서도 50번 이하의 바이러스는 그 떨림이 거칠고, 그 이상은 떨림이 느리다고 했다.

이런 걸 전부 세분화해서 적에게 걸맞은 바이러스를 찾는 것이다.

"노력만이 답입니다."

강서준은 쓰게 웃으면서 밀려오는 두통을 억지로 무시했다. 어쨌든 이 기술을 배우질 못하면 살아남지 못하는 세계.

징그럽게도 어려운 사용법이었지만 어떻게든 몸에 익혀야만 했다.

'요령은 바이러스의 반응을 기억하는 거야.'

마침 강서준은 반응을 더욱 유심히 살펴볼 수 있는 스킬이 있었다. 이걸로 더 세세하게 기억하면 될 일.

[스킬, '류안(S)'을 발동합니다.]

그리고 미간을 좁혔다.
'⋯⋯음? 그리고 보니.'
백신들, 이놈들의 몸엔 어떠한 흐름이 뭉친 곳이 있었다.

❈❈

그리고 침공은 이튿날 갑자기 시작됐다.
"대위님! 백신들이 몰려옵니다!"
"해안이 점령당했어요! 보이는 수만 해도 수백입니다!"
"대위님! 어떡하죠?"
"으아아앗!"
하와이를 닮아 더더욱 평화롭기만 하던 낙원이 지옥이 된
건 단 한순간이었다.
나한석은 해안가 너머로 보이는 수많은 백신들을 살피며
말했다.
"다들 진정해. 올 게 온 거잖아. 계획대로 피난 유도팀은
NPC와 일반인들을 먼저 대피소로 이동시키고, 나머지는 나
를 따라와."
"네!"
나한석은 해안가에 진지를 구축하고 플레이어들을 적재적

소에 배치했다. 그리고 총구를 겨눈 채로 수평선 너머의 백신들을 노려봤다.

"방화벽은?"

"지금 발동합니다!"

츠츠츠츳!

인근의 해역이 일제히 들끓기 시작하더니 순식간에 낙원을 둘러싼 형태로 물의 벽이 생겨났다.

백신으로부터 낙원을 지키는 첫 번째 벽.

심혈을 기울여 만든 그들만의 방화벽이었다.

"전류를 방류하고 바이러스를 살포해."

"알겠습니다!"

단순히 '물'만으로는 수많은 백신을 과부하시킬 수는 없을 것이다.

해서 물의 벽엔 전류가 흐르고, 놈들에게 치명적인 자가 복제 바이러스마저 살포해 뒀다.

불특정 다수를 향한 공격이었으니 통할 놈은 통할 것이다.

파지지직!

예상대로 물의 벽에 닿자마자 소멸하는 백신들이 곳곳에서 생겨났다. 나한석은 호흡을 정돈하며 말했다.

"이제 시작이야. 긴장 풀지 마."

"……네!"

문제는 전류에 튀겨지고 물에 의해 과부하가 걸려 소멸하는 놈들보다, 그 벽을 억지로 밀고 들어오는 백신의 수가 더 많다는 것이다.

차츰 2단계로 진화하는 놈들도 소수지만 있었다.

각고의 노력 끝에 만들어 낸 방화벽이 기어코 뚫리기까지 긴 시간이 필요하진 않았다.

나한석은 말했다.

"……어차피 시간 끌기용이었어. 진짜는 이제부터야. 통신은 연결됐나?"

"네. 여기……."

"다들 잊지 마라. 죽더라도 한 명이라도 더 잡고 가야 해. 우린 그러기 위해 여기에 있다."

플레이어들은 나한석의 말에 말없이 고개를 끄덕였다. 그 무거운 긍정에 나한석은 한숨을 겨우 참고 백신 쪽으로 시선을 돌렸다.

이 세계를 지우기 위해 태어난 괴물들.

그렇다고 나한석은 이곳에서 허무하게 소멸당할 생각은 추호도 없었다. 아니, 그 어떤 플레이어도 원한 적이 없는 죽음일 것이다.

할 수 있다면 끝까지 발버둥 치리라.

나한석은 눈을 빛내며 외쳤다.

"일제사격!"

투타타타타탕!

"사겨어어어억!"

"쏴! 쏴! 전부 죽여 버려!"

"으아아아앗!"

사방에서 기합과 함께 총구의 불을 내뿜었다. 바이러스를 내포한 총알이 백신들의 온몸을 두드리기 시작한 것이다.

총알이 소멸되느냐.

백신이 소멸되느냐.

둘 중 하나는 반드시 소멸할 전투 속에서 나한석은 재차 신호를 보냈다.

기다리고 있던 일련의 플레이어들이 와이번을 타고 전장을 가로지른 건 그때였다.

"바이러스 투하합니다!"

"투하!"

마치 폭격기처럼 날아간 그들이 떨어트린 건 진짜 폭탄.

그것도 수십 개의 바이러스를 응축시킨 백신 전용 특수 폭탄이었다.

폭발의 범위에 휩쓸린 백신들은 속절없이 소멸하는 모습이 생생하게 보였다.

하지만.

"끄아아악"!

"놈들이 광선을 쏨."

그들의 화력은 백신들의 진군을 늦출 뿐이었고, 점차 소

멸 광선에 적중당해 허무하게 사라지는 플레이어들도 늘어
났다.

　나한석은 입술을 잘근 깨물고는 무전을 했다.

　"미사일!"

　"……발포!"

　어느덧 판타지 세계를 점령한 현대의 무기들은 백신의 한
복판에 떨어졌다. 포물선을 그린 수많은 미사일은 백신들을
무자비하게 초토화시고 있었다.

　해안을 상륙하는 백신과, 이를 저지하려는 플레이어들의
대립.

　마치 전쟁터를 방불케 했다.

　"멈추지 마! 화력을 더 쏟아!"

　"피난이 끝나기 전엔 놈들이 전선을 넘게 만들어선 안 돼!
모두 죽을힘을 다해 싸우라고!"

　"젠장! 총알이 다 떨어졌습니다!"

　"보급! 바이러스 좀 가져와!"

　문제는 시간이 흐를수록 플레이어가 수세에 몰리고 있다
는 점이었다.

　결국 바이러스보다 백신의 개수가 많았고, 화력을 집중시
킨들 파죽지세로 밀려들어 오는 백신을 막을 방법은 마땅치
않은 법.

　이윽고 최악의 소식도 들려왔다.

"마, 마을에 포탈이 열렸습니다!"

"뭐? 거긴 막아 놨잖아?"

"뚫렸습니다! 어떡하죠? 이대로면 대피소까지 전부……!"

플레이어들은 속수무책으로 번지는 상황 속에서 패닉으로 넘어가고 있었다.

마을에 포탈이 열려 백신이 밀려들어 왔다는 건, 자칫 잘못하면 앞뒤로 갇힐 수도 있다는 뜻.

또한 대피소가 무너진다면?

그들이 이곳을 지킬 이유 자체가 사라진다. 나한석은 미간을 구기며 단호하게 말했다.

"자리 지켜! 이곳을 막는 게 우선이다!"

"네? 하지만 대위님! 마을이 뚫리면 정말 끝입니다! 저희들도 더는……!"

"됐어! 거긴 신경 쓰지 않아도 된다고!"

나한석은 플레이어들의 만류에도 고집을 꺾질 않았다. 다들 불안한 듯 시선이 흔들렸지만 여태 보여 줬던 나한석의 리더십을 믿기로 했다.

결국 전원 자리를 지키고, 방아쇠를 열심히 당겼다.

가지고 있는 모든 총알이 떨어질 때까지 그들의 반격은 이어졌다.

"총알이 거의 다 떨어졌습니다! 대위님!"

"우측이 뚫렸습니다!"

"누구 없어? 여기 총알이⋯⋯!"

결국 끝은 찾아오고 있었다.

"대위님⋯⋯ 3단계입니다."

나한석은 수면 위에서 서서히 형태를 갖추는 백신들을 보았다. 2단계만으로도 이미 플레이어 진영은 초토화 직전으로 내몰렸는데⋯⋯.

적들은 이제야 3단계였다.

나한석은 사람들을 돌아보며 말했다.

"다들 고생했어."

"⋯⋯네."

"부득이하게 그대들의 목숨을 소모시켰군. 다들 날⋯⋯ 너무 미워하지 않았으면 해."

"글쎄요. 대위님 하는 거 보고요."

우스갯소리를 하면서 우후죽순 밀려오는 백신들을 둘러봤다.

'총알도 거의 바닥났고⋯⋯.'

총알이 쥐뿔도 안 남은 플레이어들이 그곳에서 할 수 있는 건 더 이상 없으리라.

문득 누군가가 말했다.

"근데 마을은 정말 괜찮을까요? 만약 그곳이 무너졌으면 우리가 여기서 죽으면 진짜⋯⋯."

"괜찮아. 거긴 내가 장담해."

"네?"

동료의 반문에 나한석은 이틀 전에 본 터무니없던 훈련 과정을 상기하며, 그저 쓰게 웃었다.

그 시각.

플레이어 '김시후'는 피난 유도팀에 속해 있었다.

NPC를 비롯하여 전투 능력이 전무한 일반인을 대피소까지 안내하는 게 그들의 역할.

피난 유도팀.

그들은 사람들을 통솔해서 가능한 빨리 대피소로 이동하고 있었다.

"모두 질서를 지켜 주세요!"

"우리 모두 살 수 있습니다! 안전하게 빠져나갈 수 있어요!"

"괜찮습니다! 우린 괜찮아요!"

피난 유도팀은 능숙하게 사람들을 대피소로 데려갔다. 영문을 모르겠다는 표정을 짓던 사람들도 일단 그 말을 따라 움직이고 있었다.

한편 김시후가 의외의 인물을 발견한 건 그때였다.

"어? 당신은……."

"응? 넌?"

일전에 카누비스에서 광신도에게 쫓길 적. 이름 모를 플레이어가 그를 구해 줬다고 들었다.

분명 이름이…….

김시후는 어쨌든 감사 인사부터 하기로 했다.

"지난번엔 경황이 없어서 죄송했습니다. 절 구해 주셨다고 들었어요. 진심으로 감사합니다."

"뭘 감사까지야."

"피난 중이셨습니까? 절 따라오세요. 제가 안전한 곳까지 안내해 드릴게요."

"응?"

김시후는 남자의 이력을 떠올렸다.

그는 이 세계에 떨어진 지 얼마 안 된 사람이고, 누군가가 전입했다는 소식을 듣고 찾아낸 플레이어였다.

레벨이 몇인지는 몰라도 바이러스 활용법을 배우기엔 시간이 부족했을 것이다.

그러니 전장이 아닌 피난민들 사이에 있었겠지.

김시후는 그렇게 단정 지으며 강서준을 한쪽으로 안내했다.

원래 새치기 같은 건 시켜 주면 안 될 일이었지만, 은인에게 이 정도의 선물은 괜찮을 것이다.

한데 눈앞의 남자는 쉽게 움직이질 않았다.

"……왜 그런 눈으로 보시는 거죠?"

"그냥. 꽤 익숙해 보여서."

김시후는 어깨를 으쓱이며 말했다.

"제가 이래뵈도 이곳 짬밥은 꽤 먹었어요. 나이가 어리다고 피난 유도팀에 속했지만 사실 전장에 나가도 한몫 단단히 한다고요."

"그래 보여."

"네. 그러니 걱정 말고 대피소로 가자고요. 무슨 일이 일어나면 반드시 지켜 드릴 테니까."

하지만 남자는 무어라 대답하지 않고 그저 하늘을 올려다 봤다. 그를 따라서 고개를 든 김시후는 문득 하늘의 한쪽을 볼 수 있었다.

구멍이 있었다.

……구멍?

"어? 저게 뭐야?"

크콰카카카칵!

터무니없지만 하늘에 뚫린 구멍에서 1단계 구슬 백신들이 우후죽순 쏟아져 내렸다.

포탈이 열린 것이다.

"괴, 괴물이다!"

"으아아앗! 비켜!"

"살려 줘!"

순식간에 아비규환이 된 마을에서 김시후는 입술을 잘근 깨물며 총알을 장전했다.

그를 필두로 피난 유도팀 인원들도 전투대형으로 뭉쳤다.

"크흑…… 너무 많아!"

"젠장, 일단 쏴!"

투타타탕!

쏘아진 총알에 몇몇 백신은 소멸했지만 대개 멀쩡했다. 안타까운 일이었지만 피난 유도팀은 전장에 나선 플레이어들보다 사용법이 미숙했기 때문이었다.

"일단 피난민부터!"

"……이쪽입니다! 모두 이쪽으로!"

플레이어들은 NPC들을 우선으로 대피시켰다. 이런 상황을 미리 대비해서 한 훈련이 효과를 발휘하고 있었다.

김시후는 여전히 옆에서 서성이던 사람을 향해 말했다.

"당신도 얼른 도망치세요! 여긴 제가 막고 있을 테니까!"

"……너 이름이 김시후라고 했던가?"

"네?"

"됐으니까 물러서. 원래 이런 건 어른이 남는 거니까."

"그게 갑자기 무슨?"

씨익 웃으며 김시후의 머리카락을 헝클어트린 남자는 인벤토리에서 권총을 꺼내었다.

김시후가 미간을 구기며 말했다.

"그깟 권총으로 뭘…… 이틀밖에 안 된 주제에 객기 부리지 마요!"

하지만 남자는 어깨를 으쓱이며 말했다.

"흐음…… 반나절일 거야."

"뭘요?"

"바이러스 활용법. 반나절 배웠다고."

김시후가 황당해하며 남자의 옷깃을 붙잡으려 했지만, 그가 백신들을 향해 달려 나가는 게 더 빨랐다.

"아니…… 반나절 배운 거로 뭘! 아저씨! 미쳤어요? 죽고 싶어서 환장……!"

남자의 뒤를 쫓던 김시후는 백신 중 한 놈이 그에게 반응한 걸 볼 수 있었다.

지이이잉!

순식간이었다.

김시후는 화들짝 놀라며 총구를 겨눴고, 백신도 빠르게 반응하며 남자를 향해 광선을 쏘아 냈다.

그는 숨이 턱 막히는 기분 속에서 광선의 목적지를 바라봤다.

'……웃어?'

죽음을 목전에 두고 미쳐 버린 걸까.

황당하게도 그는 웃고 있었다.

'대체 뭐지?'

잠깐의 의문.

그리고 남자는 가뿐한 움직임으로 광선을 피해 내며 총구를 백신에게 겨눴다.

망설임 없이 발사된 바이러스는 백신을 단박에 적중시켰다.

경악할 만한 일은 거기서 시작됐다.

"……어떻게 백신이 한 방에?"

그게 끝이 아니었다.

남자는 마치 난사를 펼치듯 사방을 향해 총을 쏘아 댔다. 그가 전장을 활보하면서 쏘아 낸 총알은 여지없이 백신을 맞히고 소멸시켰다.

터무니없는 전투의 연속이었다.

"저 사람 대체 뭐야? 뭘 어떻게 하는 거야?"

"저게 가능한 일이야?"

"만능 바이러스라도 나왔나?"

그때 누군가가 남자의 전투를 보면서 나지막이 탄성을 내질렀다. 그의 목소리는 김시후에게도 닿기에 충분했다.

"어? 잠깐 저 사람…… 그 사람이잖아?"

"뭔데?"

"케이!"

"……케이?"

케이.

그 이름을 모르는 사람이 있을까.

NPC조차 전설처럼 회자하는 그를.

타아아앙!

남자는 무수하게 쏟아지는 소멸 광선을 모조리 피하면서 백신들을 향한 공격을 단 한 번도 놓치지 않았다.

정말로 인간이 맞을까 의문이 들 정도로 과감한 전투였다.

"저분이…… 진짜 그 케이라고?"

김시후는 나지막이 침을 삼켰다.

타아앙!

한 발의 총성이 울리면 하나의 백신이 소멸했다.

다른 고민할 것도 없이 바로 바이러스를 장전한 강서준은 또 다른 백신을 겨눴다.

이번에도 손쉽게 백신은 소멸했다.

'이 방법이 통해서 다행이네.'

바이러스 활용법.

본래라면 백신마다 필요한 바이러스를 일일이 찾아 맞출 필요가 있는 기술일 것이다.

하여 특정 바이러스를 찾을 때까지 어떤 공격도 통하지 않는 게 정상.

하지만 강서준은 달랐다.

무심코 지나쳤던 놈의 몸속에 있는 알 수 없는 흐름 뭉치를, 그는 볼 수 있었으니까.

　'그게 놈들의 약점일 줄이야.'

　나한석의 추측으로는 그 흐름이 뭉친 곳이야말로 백신들이 가진 취약점이라는 것이다.

　일리 있는 얘기였다.

　그 흐름 뭉치를 노리고 바이러스를 쏘아 내니 종류에 상관없이 단 일격에 모두 소멸하고 있었으니까.

　'실전에서도 충분히 먹히고 있고.'

　강서준은 구멍을 뚫고 나오는 백신을 향해 무자비한 총격을 이어 나갔다.

　숫자는 놈들이 더 많았지만 대단히 어렵다는 생각은 들지 않았다.

　솔직히 약점 하나를 파악했다고 이 정도로 백신들을 무력화시킬 수 있다는 게 더 신기할 정도다.

　'아니, 생각보다 훨씬 약해.'

　분명 1단계만 하더라도 B급 몬스터를 상대할 수 있는 수준이라 하였거늘.

　단순히 레벨만으로는 감히 강서준이 감당할 만한 상대가 아니었다.

　타앙! 타아앙!

　강서준은 그를 포위하고 광선을 쏘아 내는 백신을 응시하며 생각을 이어 나갔다.

그래.

이런 고민을 할 여유를 가질 수 있다는 것부터 이상하다.

'두렵지도 않군.'

기묘했다.

블랙 그라운드에서 켈베로스를 마주하고 외눈박이 가고일에게 쫓길 때와는 달랐다.

그때만 해도 저놈을 보면 심장이 덜컥 멈추는 것처럼 긴장이 됐는데.

지금은 한 줌의 긴장도 없었다.

이게 어떻게 된 일일까?

－사용자 식별…… 플레이어 '케이'로 확인되었습니다. 식별 코드 0. 최우선 삭제 목록에 등재되어 있습니다.

－사용자의 수준에 맞추어 최소 2단계로 조정합니다.

슬슬 백신들이 강서준을 알아보고 일제히 각자의 형태를 갖추기 시작했다.

날개가 돋아난 놈부터 덩치가 커지는 놈까지, 모조리 강서준 하나만을 노리고 2단계로 진화했다.

강서준은 미간을 구겼다.

"……2단계로 인식한다고."

2단계는 분명 레벨 400대의 개체에 해당하는 수준일 것이다.

─데이터를 삭제합니다.

다시금 시작된 백신과의 전투였지만 이전과 크게 다를 건 없었다.

놈들의 형태가 변화했다면 강서준도 그 수준에 맞게 강해지면 될 일이니까.

[장비 '도깨비 왕의 감투'의 전용 스킬, '이매망량'을 발동합니다.]

한 마리의 도깨비로 변신한 그는 더욱 빠르게 움직이며 바이러스를 놈들의 취약점에 박아 넣었다.

'참 이상한 일이군. 놈들은 분명 2단계인데…….'

더욱 강해진 놈들을 상대로도 강서준의 전투 실력은 뒤떨어지지 않았다.

아니, 오히려 그의 몸놀림은 더욱 빨라지고 있었다.

점점 강해지는 듯한 기분은 착각일까.

'아니, 실제로 강해지고 있어.'

두 눈에 금빛을 흘리면서 강서준은 무리 없이 백신들을 소멸시킬 수 있었다.

그간 그에게 스친 공격은 터무니없지만 0에 수렴했다.

'치트라도 쓴 기분이군.'

하지만 상태창을 살펴봐도 스탯엔 변화가 없었다. 백신을 죽여도 경험치조차 흡수되지 않기에 오히려 그는 레벨 업조차 막힌 상태.

'잠깐…… 아예 변화가 없다고?'

강서준은 상태창을 확인하다 이상한 점을 깨달을 수 있었다. 생각해 보면 그는 이곳에서 분명 스탯을 얻었기 때문이다.

'블랙 그라운드 탈출 보상으로 분명 체력을 얻었는데……?'

미간을 좁히던 강서준은 일단 총구를 겨누고 마지막 총알을 발사했다.

타아아앙!

마지막으로 구멍을 빠져나오던 백신은 단 한 방에 소멸했고, 강서준은 길게 숨을 내뱉으며 전장을 둘러봤다.

다행히 눈치껏 김시후를 비롯한 플레이어들이 피난민부터 대피시켰기에 다친 사람은 거의 없었다.

'이 정도면 충분하겠지.'

사람들을 인솔하던 김시후는 재빠르게 강서준에게 다가오더니 말했다.

"정말 케이 님이시군요."

그러더니 씨익 웃으면서 말했다.

"한 방 먹었네요. 지킨다니…… 제가 건방진 소리를 했습니다."

"뭘 건방까지야."

"여긴 저희에게 맡기셔도 됩니다. 다른 쪽에 가 보셔도 돼요."

"……정말 괜찮겠어?"

"너무 애 취급하진 마시죠. 이래봬도 이곳 짬밥은 제가 더 먹었어요."

"흐음……."

또 한 번 김시후의 머리를 헝클어트린 강서준은 해안 쪽으로 시선을 돌렸다.

아무래도 이쪽보다는 백신의 본대가 있을 그곳이 더욱 신경이 쓰였기 때문이었다.

'슬슬 2단계 이상도 등장했겠지.'

처음부터 강서준이 전장으로 바로 향하지 않은 이유는, 그의 존재만으로도 백신들이 2단계로 진화하기 때문이었다.

종전의 백신들만 봐도 그렇다.

한두 놈이 2단계로 진화하는 게 아니라, 일제히 진화하는 걸 보면 확실히 그에게 뭔가가 있는 듯했다.

'내가 갑자기 강해진 것과 관련이 있겠지. 상태창이 멈춰 있는 것도…….'

그리고 꽤 시간이 흐른 지금이라면 그가 몸을 사릴 필요가 없었다.

강서준은 김시후에게 사람들을 맡기기로 했다.

"그럼 부탁할게."

"걱정 마세요."

다시 피난 유도에 집중하는 김시후를 일별한 강서준은, 초상비를 발동해서 지붕 위로 올라섰다.

그리고 무협지의 스킬을 가진 그에게 있어 지붕들을 뛰어넘는 건 그다지 어려운 일이 아니었다.

그는 금방 전장에 도착할 수 있었다.

일단 전장은 뭐랄까.

'기묘하군.'

피 한 방울 없는 전쟁터라……

치열한 전투는 반복되고, 서로를 향한 적의는 칼로 베일 듯 날카롭기만 한 곳이었다.

한데 정작 전장엔 남는 게 없다.

타아앙! 타앙!

광선과 총알이 빗발치는 전장은 마치 SF 영화를 보는 것 같았다. 그 결과도 양측 어느 쪽이든 소멸할 뿐이니 굉장히 비현실적이었고.

"강서준 씨!"

한창 전투를 펼치던 나한석도 그를 발견하고 이쪽을 향해 엄호사격을 가해 줬다.

플레이어들의 참호로 뛰어든 강서준은 잔뜩 지친 얼굴의 플레이어들을 마주할 수 있었다.

나한석이 물었다.

"마을은 어쩌고 여기에 왔습니까."

"다 쓸어버리고 왔죠. 괜찮아요."

"……그렇습니까."

나한석은 고개를 끄덕이며 장전한 총알을 재차 백신에게 쏘아 냈다. 몇 번이나 반복했는지 그의 행동엔 군더더기가 없었다.

바이러스를 찾는 능력도 출중했다.

고작 두 발만에 색출해 내다니.

'본능적으로 취약점을 노리는 건가?'

우연은 아닐 것이다. 나한석이 쏘아 낸 총알들은 여지없이 흐림이 뭉친 곳을 맞혀 대곤 했으니까.

해서 눈먼 총알에 맞아 소멸하는 백신들도 속절없이 늘어나는 실정이었다.

여태 해안을 잘 지켜 온 데엔 그만한 이유가 있는 거겠지.

"상황은 어떻습니까?"

"……솔직히 답이 없습니다."

해안가를 응시한 나한석은 절망스러운 얼굴로 입술을 짓씹었다.

수백의 백신들이 여전히 진군을 잇고 있었다. 그에 비해 그들의 바이러스는 슬슬 바닥을 보였다.

수많은 폭탄과 전략, 모든 것들을 사용해도 그들이 만들어 낸 건 일말의 시간 끌기였다.

'징그럽게도 많네.'

게다가 플레이어의 수도 꽤 줄어들어 있었다. 백신들이 쏘아 낸 광선은 닿기만 해도 소멸하는 상황이니, 그들이라고 안전할 수는 없는 것이다.

강서준은 미간을 구기며 말했다.

"헬 난이도 디펜스 게임이라도 하는 기분이네요."

"……차라리 게임이면 좋게요."

쓰게 웃으며 긴장을 털어 낸 그들은 다시 총알을 장전하며 전투를 이어 나갔다.

밀려오는 백신들의 숫자가 과할 정도로 많다고 하더라도 당장 그들이 할 수 있는 건 그뿐이었다.

방아쇠를 당겨 한 놈이라도 더 없애는 것.

"조금만 더 버텨! 피난만 완료되면 우리도 빠져나갈 수 있어!"

"네!"

그렇게 얼마나 더 방아쇠를 당겼을까?

코끝으로 저미는 화약 냄새에 머리가 어지러울 쯤, 돌연 백신 쪽에서 이상한 기류가 생겨났다.

강서준은 미간을 좁히며 확인했다.

'……설마.'

[스킬, '위기 감지(A)'를 발동합니다.]

순식간에 머릿속으로 경종이 울리고 눈앞이 아득해졌다. 위험하다는 생각과 함께 그는 곧바로 플레이어들을 향해 경고성을 외쳤다.

"모두 도망쳐요! 위험!"

그러나.

─가증스러운 플레이어들이여. 바퀴벌레처럼 또 기어들어와 이 세계에 개입하려는가.

총성이 울리던 전장의 한가운데로 한 존재가 신기루처럼 강림해 있었다.

또렷한 형체를 갖춘 그놈은 여유로운 얼굴로 플레이어들을 둘러보고 있었다.

백신의 다음 단계일까.

한데 그 얼굴이 묘하게 낯익었다.

'저자는 분명…….'

아련하게 떠오르는 기억을 뒤적일 즈음, 그가 먼저 강서준을 알아보고 말을 걸어왔다.

순식간에 앞에 나타난 놈이 강서준의 얼굴을 잡더니 말했다.

반항할 틈도 없었다.

―오랜만이구나. 케이.

"……멜빈 황제?"

―네놈이라면 돌아올 줄 알았지.

"당신이 어떻게 여기에 있죠?"

강서준은 나지막이 떠오르는 정보에 침음을 삼켰다.

대관절 NPC에 불과하던 이자가 '백신'처럼 눈앞에 나타난 사실을 믿을 수 없었기 때문이었다.

'알론 제국의 황제.'

강서준은 그를 응시하며 물었다.

"어찌 황제가 그 꼴이 된 겁니까?"

―이유가 필요한가. 실패한 세계는 그저 입맛대로 재단될 뿐이니.

헛헛하게 웃음을 터뜨린 황제는 번들거리는 살기를 유지하며 강서준을 날카롭게 째려봤다.

―하나 이건 네놈의 탓도 있다.

"……뭐?"

―너의 저주받은 재능이 이 세계를 멸망시켰으니.

강서준이 무어라 답을 하기도 전에 황제는 검을 옆으로 휘둘렀다.

그곳에서 무시무시한 검격이 쏟아져 나오더니 일련의 플

레이어들을 덮쳤다.

스걱! 스걱! 스거억!

─나의 독단이 너희들을 조금 멸해도 괜찮겠지.

그리고 검이 휘둘러진 자리엔 그 어떤 플레이어도 서 있지 못했다.

여태 백신을 상대로 싸워 왔던 일당백의 전사들이 단 일검에 두 동강이 난 꼴이었다.

나한석도 허무한 얼굴로 그쪽을 바라봤다. 눈 깜짝할 새에 벌어진 일이라 더욱 믿기 어려울 것이다.

강서준이 입술을 잘근 깨물며 말했다.

"대체 목적이 뭐죠? 어째서 우릴 소멸시키려는 거죠? 그토록 지키려던 세상을 왜 이제 와서……."

─이미 말했느니라. 이건 너에게도 책임이 있다고.

강서준은 미간을 잔뜩 구기며 총구를 황제에게 겨눴다. 도통 알 수 없는 소리를 지껄이는 황제의 말을 더 들어 줄 필요가 없을 듯했다.

"개소리도 적당히 하시죠. 섭종이 어찌 제 탓입니까."

따지고 보면 강서준도 피해자였다. 5년을 쌓은 업적이 하루아침에 먼지처럼 사라졌으니까.

고작 세 개의 섭종 보상만을 남기고.

─정말 아무것도 모르는구나.

"뭐요?"

-하기야 게임은 이제 막 시작했을 터. 모르는 게 당연하 겠지.

혼자 중얼거리던 황제는 나지막이 손을 들었다. 플레이어 와 전투를 벌이던 백신들이 일제히 멈춘 순간이었다.

전장이 한순간에 고요에 잠식됐다.

아니, 그 적막감에 질식했다.

-그래. 이렇게 쉽게 쓰러트리는 건 나조차 달갑지 않아.

"......?"

-이런 허무한 죽음은 내 아들의 영정 앞에서 추태가 될 터. 한 번의 기회를 더 주겠다.

강서준은 미간을 구기며 황제를 올려다봤다. 그는 서늘한 눈빛으로 강서준을 내려다보며 어느새 검을 빼어 들었다.

......언제?

동시에 심장을 옥죄어 오는 무시무시한 압박이 느껴졌다.

당연하다면 당연한 일이었다.

알론 제국의 황제 '멜빈 알론'은 본래 NPC 중에서도 최강 이라 불리는 존재였으니까.

고작 C급 던전을 겨우 공략할 수준인 강서준이 과거의 황 제를 이길 겨를은 없었다.

놈은 씨익 웃으면서 말했다.

-강해져라.

이후로 벌어진 일은 그 누구도 예기치 못한 것이었다. 터무니없지만 강서준조차 벌어지기 직전까지 알 수 없었으니까.

위기 감지조차 반응 못 하고.

류안조차 읽지 못했다.

스거어억!

의식할 틈도 없이 그의 목에서 피가 솟구치고, 순식간에
세상은 뒤집어지고 있었으니까.

'이게 무슨……?'

터무니없지만 그의 목은 잘려 나가고.

ㅡ너의 그 저주받은 재능을 내가 직접 확인할 것이니.

[치명적인 기습을 당했습니다.]

[플레이어 '케이'가 사망했습니다.]

사망

꿈을 꾸는 듯한 기분이었다.

「아빠. 나 이거 못 하겠어.」

따뜻한 색감으로 꾸며진 흔한 가정집의 풍경. 오래된 필름 속에 들어온 것만 같았다.

'⋯⋯여긴.'

이젠 기억에도 희미한 어릴 적 그의 집에서, 강서준은 아빠를 향해 애써 만든 장난감을 내밀었다.

「잠깐만⋯⋯ 역시 여기가 문제네.」

「어? 어떻게 한 거야?」

「서준아. 설명서 잘 읽은 거 맞니?」

단 한 명만을 위한 시네마는 1인칭 시점으로 펼쳐졌다. 강서준은 낡았지만 소중한 애장품을 어루만지듯 영상에 집중했다.

'아빠…….'

어린 강서준은 머리를 갸웃하며 말했다.

「당연하지. 나 진짜 설명서 꼼꼼히 읽었는데…….」

「그럼 왜 전원이 안 켜질까?」

「……내가 조립을 잘못해서?」

아버지는 강서준의 머리를 헝클어트렸다. 그 우악스러운 손은 굳은살이 박혀 딱딱했다.

그땐 몰랐지만 이제 보니 상처가 나서 찢어진 부위를 본드로 붙이기까지 한 흔적이 있다.

「잘 만들었어. 문제가 있다면…… 건전지를 넣질 않았다는 거겠지?」

「어? 아까 넣은 줄 알았는데?」

「비어 있는데?」

어린 강서준은 억울한 듯 울상을 지었다. 그게 귀여웠는지 아버지는 다시금 아들의 머리를 쓰다듬었다.

「서준아. 앞으로도 방법을 모르겠으면 그냥 단순하게 생각해. 처음부터 다시 보는 거야.」

「응?」

「어떤 문제든 그냥 건전지를 넣지 않았기 때문일지도 모르는 거거든.」

아스라이 코끝을 감도는 행복한 한때의 기억은 아쉽게도 점점 안개가 쓰이듯 흐려졌다.

강서준은 허공에 떠 있었다.

이곳을 뭐라고 할 수 있을까.

정의를 내리기도 전에 수많은 기억들이 그의 주변을 맴돌았다.

행복했고 따뜻했던 어릴 적 기억과, 비교적 어려웠고 힘들었던 이후의 기억이 상충했다.

그렇게 기억의 파도 속을 이리저리 헤매다 보니, 어느덧 그는 새카만 지하로 흘러갈 수 있었다.

그곳에선 피비린내가 났다.

"끄아아아악!"

누군가의 비명이 터지면서 어두운 지하의 시야는 확 밝아졌다. 흑백영화에 색감이 들어간 것처럼 점차 선명해지고 있었다.

강서준은 누군가를 발견했다.

누구지?

"얼른 말해. 죽고 싶어?"

"끄으윽……."

"말하라고오오오!"

누군가가 쇠사슬에 묶인 채로 채찍에 두드려 맞고 있었다. 피로 칠갑한 그는 한눈에 봐도 지독한 상태.

"끝까지 말 안 한다 이거지?"

짜증 섞인 목소리로 간수는 채찍을 내려놓고 불에 달군 쇠꼬챙이를 꽉 쥐었다. 남자의 몸에 불에 달궈진 쇠꼬챙이로 낙인을 찍는 건 금방이었다.

"끄으으으윽!"

"……지독한 놈. 얼른 말하라니까!"

하지만 그 어떤 고문에도 비명만 지를 뿐, 남자는 도통 꺾이질 않았다. 되레 지치는 건 고문을 시행하는 쪽이었다.

"젠장. 어디서 뭐 이런 놈이 들어왔어?"

그리고 지하 감옥의 문이 열렸다.

몇몇의 사람들이 우르르 들어오더니 남자를 둘러쌌다. 모르긴 몰라도 강서준은 그제야 깨달았다.

이들은 NPC.

현시점에선 '광신도'라 불리는 이들이다.

"뭐 좀 나왔어?"

"아뇨. 아주 지독한 놈입니다. 칼로 살을 파도 끝내 버티더라니까요."

"쯧. 곤란한데……."

간수는 고개를 숙이며 말했다.

"벨 님. 제게 시간을 더 주십시오. 반드시 이놈에게서 킬 스위치의 위치를 알아내겠습니다."

"하루를 주지."

"알겠습니다."

벨이란 자는 서늘한 눈으로 묶여 있는 남자를 내려보다, 이내 지하 감옥을 벗어났다.

남은 건 다시 간수와 남자.

"아이크…… 제발 좀 도와주면 안 되냐. 응?"

간수는 쇠꼬챙이를 쥐어 다시 끈질긴 고문이 시작됐다. 숱한 고통 속에서도 굳센 기개로 버텨 내던 남자가 혼절할 때까지 고문은 이어졌다.

"눈 떠. 말하면 편한데 어딜 자려고!"

거친 말투와 함께 머리에 물을 뿌리자, 화들짝 놀라며 일어난다. 강서준은 그 모든 걸 한쪽에서 소리 없이 지켜보면서 미간을 구겼다.

정신이 번쩍 드는 단어가 있었다.

'……이자가 아이크라고?'

관리자가 그에게 남겼던 유일한 단서. 이 세계에서 강서준이 해야 할 우선순위.

NPC 아이크를 찾을 것.

'……한데 아이크가 갑자기 어떻게.'

현 상황을 이해하기 위해 나지막이 기억을 되돌려보던 강서준은 무심코 마지막 기억을 떠올렸다.

아무래도 마지막으로 본 장면은 세상이 뒤집어지고 힘을 잃고 허물어지는 그의 몸일 것이다.

'그때 난 분명 죽었어.'

뒤늦게 시스템 로그 기록을 확인해 보니, 확실한 그의 죽음이 선고되어 있었다.

'……되살아난 건가.'

죽었지만 되살아났다는 단어는 현실적으로 이상하다. 하지만 강서준은 그게 가능하다는 사실을 깨달았다.

왜냐면 죽은 건 '강서준'이 아니기 때문이다.

[플레이어 '케이'가 사망했습니다.]

강서준은 미간을 구겼다.

'드림 사이드 1이니 케이의 목숨이 깎인 건가. 터무니없지만 그것 말고는 이 상황이 설명이 안 되겠어.'

문득 백도어를 통해 이 세계로 넘어올 적이 떠오른다. 그때, 분명 '케이'가 로그인했다고 메시지가 나타났었지.

즉 현재 이곳에 있는 그는 '강서준'이 아니라 '케이'라는 것.

그리고 케이의 목숨은 못해도 두 개는 남아 있었다.

'하지만 스텟이나 스킬 변화는 없었는데?'

스킬이야 변화가 없는 건 당연하다. 섭종 보상이라고 모든 스킬이 담긴 그의 소중한 '봉인된 책'을 드림 사이드 2로 가져간 탓에 초기화되어 버렸으니까.

하나 스텟은 다르다.

그의 계정이 '케이'로 로그인되었다면 고작 '강서준'의 스텟을 유지할 이유가 없잖은가.

불현듯 떠오른다.

'……그래서 2단계로 올라간 건가.'

강서준의 본래 수준으로 치자면 고작 레벨 200 단위의 몬스터를 상대할 만한 수준이다.

한데 백신의 수준은 1단계만 해도 300레벨도 감당해 내고, 2단계는 400레벨까지 쓰러트린다.

그런 이들을 강서준은 학살했다.

제아무리 약점을 찾았다고 해도 그토록 쉽게 쓰러트린다는 건 역시 이상하다고 생각했다.

'나도 모르는 사이 케이의 스텟이 적용됐고, 그게 백신들을 진화시켜 온 거라면……'

납득할 수 있는 얘기였다.

실제로 그는 강해진 기분을 느꼈고, 상태창에 표기만 되지 않았을 뿐 전투 능력도 확실히 올라갔었으니까.

그리고 작금의 시간이 흐르자 잠시 간수가 지하 감옥을 비우는 때가 왔다.

"……케이. 당신입니까?"

"뭐?"

"다행히 너무 늦진 않았군요."

강서준은 미간을 좁히며 아이크를 바라봤다. 그는 흐린 눈동자로 강서준을 보고 있었다.

"내가 보여요?"

"……당연하죠. 제가 당신을 불렀는걸요."

대관절 무슨 소리일까.

의문을 해소하기도 전에 아이크는 당부하듯 말했다.

"시간이…… 시간이 없어요. 케이. 당신은 당장 '블랙 그라운드'로 가야만 합니다."

"……네?"

"이대로면 세계가 지워질 겁니다. 막을 수 있는 건 당신뿐이라고요."

도통 알아먹을 수 없는 말을 해 대던 아이크. 그를 보면서 강서준은 나지막이 아버지의 말을 떠올렸다.

'복잡할수록 단순하게…….'

정확한 상황을 파악할 순 없지만 일단 그의 말에 귀를 기울이는 게 좋을 것이다.

아이크는 다시 말했다.

"부디 블랙 그라운드에 숨겨 둔 '킬 스위치'를 찾아서 이 세계를."

하지만 세상은 점멸했다.

"……뭐라고요? 아이크 씨?"

조금 붕 뜬 몸이 순식간에 가라앉으면서 그의 의식이 아래로 깊게 침잠했다. 아니. 정확하게는 그가 깨어나고 있었다.

"아이크! 킬 스위치라니…… 대체 무슨! 아이크 씨!"

몇 번이나 불러도 소용없는 짓이었다.

느닷없이 이곳으로 흘러 들어온 것처럼 그는 갑자기 정신을 차리고 있었으니까.

['부활 제한 시간'이 종료되었습니다.]

[플레이어 '케이'가 로그인했습니다.]

[!]

[일시적인 오류가 해결되었습니다. 케이의 정보를 불러옵니다.]

[모든 잠금이 해제되었습니다.]

❈

"……잖아요!"

"하지만 우린……!"

"전…… 못 살아요!"

천천히 눈을 뜬 강서준은 먹먹한 소음을 느끼고 있었다. 점차 선명해지는 감각 속에서 마치 약에 취한 듯 비몽사몽한 기분이었다.

문득 강서준은 헛웃음을 지었다.

황제 놈.

설마 이것까지 알고 이런 건가.

[모든 잠금이 해제되었습니다.]

눈앞에 두둥실 뜬 시스템 메시지는 확인하지 않아도 그 내용을 알 수 있었다.

그의 몸엔 차고 넘치는 방대한 마력이 넘실거렸으니까.

왠지 지금이라면 일격으로 산 하나를 날릴 수도 있을 것만 같았다.

이건…… 급이 다르다.

'실제로 가능할 거야.'

케이의 잠금이 해제됐다는 게 무얼 뜻하겠는가. 아무렴 5년간 쌓아 온 강서준의 역사가 부활했다는 걸 의미하는 것이다.

즉 그는 진짜 '케이'가 됐다.

'과거의 랭커가 아닌 현역으로.'

비록 초기화된 스킬까지 가져오진 못해도 S급 던전은 물론, 그 이후의 세계를 자유로이 넘나들던 랭킹 1위의 스텟이 말이다.

한순간에 신이라도 된 것 같네.

그리고 종전까지 떠들썩하던 목소리는 한층 더 선명하게 귓가에 꽂혀 들어왔다.

바로 옆에서 말하는 줄 알았는데. 알고 보니 상당히 먼 거리에서 말다툼을 하고 있었다.

청력이 좋아진 케이의 능력이었다.

강서준은 일단 그쪽으로 향했다.

"언제까지 이리 불안에 떨면서 살아야만 합니까?"

"일단 진정하시죠?"

"만들고 짓고, 만들고 짓고! 진절머리가 납니다. 또 만들면 뭐 해요? 어차피 금방 무너질 텐데!"

격한 감정을 억누르지 못하는 듯 붉게 일그러진 사내는 나한석을 향해 더욱 큰 소리를 냈다.

나한석은 곤란한 듯 양손을 내저으며 입을 열었다.

"진정해요. 어쩔 수 없다는 건 당신도 잘 알지 않습니까?"

"하…… 대위님은 영원히 이러고 살 거예요? 분하지도 않아요?"

"분하죠. 분한데……."

그는 입술을 잘근 깨물었다.

"다른 방법이 없잖습니까."

나한석의 절망스러운 말에 상대도 더는 말을 잇질 못했다. 답답한 나머지 불평불만을 토해 냈던 것이지만 결국 둘 다 처지는 같았으니까.

"우리 기운 냅시다."

"……이번에 죽은 사람만 15명입니다."

"네. 알아요. 하지만 다시 방비를 해 두질 않으면 다음엔 150명이 죽겠죠."

나한석은 말했다.

"놈들이 킬 스위치를 발견하질 않는 한, 우린 계속 살 수 있습니다. 바퀴벌레 같은 삶이라도 일단 살아 있는 게 중요한 게 아니겠습니까?"

멀리서 그들의 다툼을 지켜보던 강서준은 머리를 망치로 두드려 맞은 듯한 충격을 느꼈다.

아이크에게서 들은 단어를 나한석의 입을 통해 다시 듣게 될 줄이야.

강서준은 지체하지 않고 그쪽으로 다가갔다.

"강서준 씨?"

"나한석 씨."

"역시 살아 있었군요! 그럴 줄 알았다고요!"

"······그럴 줄 알았다고요?"

미간을 좁혀 바라보니 나한석은 함지박 웃음을 터뜨리며 답했다.

"우린 플레이어니까요. 적어도 세 개의 목숨을 갖고 있죠. 다들 그렇게 한 번씩 죽어 봤어요."

"아······."

"역시 소문대로 케이 님의 수명은 남아 있었네요. 정말 천만다행입니다."

생각해 보면 저들의 레벨도 드림 사이드 2의 계정이라면 결코 백신을 상대할 수 없다.

그러니 저들도 죽음으로 원래 계정의 잠금이 해제됐다는 것이다.

"그래도 혹시 몰라 걱정했습니다. 알려진 정보와 다를 수도 있었으니까요."

"그렇군요."

부활의 횟수는 기존의 게임과 연동되는 것이다. 즉 강서준의 수명은 이제 단 하나라는 얘기다.

강서준은 천천히 고개를 주억거리다 나한석을 바라봤다.

"그보다 나 대위님. 방금 킬 스위치라고 하셨습니까?"

"네?"

"킬 스위치가 대체 뭡니까?"

강서준의 질문에 일순 주변이 조용해졌다. 살얼음이 낀 것처럼 냉랭한 분위기 속에서 나한석은 침음을 삼킨 뒤 입을 열었다.

"킬 스위치요······."

"네. 대관절 그게 무엇이죠?"

아이크가 고문당하는 걸 보면 광신도라는 놈들도 '킬 스위치'를 찾는 게 분명했다.

또한 아이크는 블랙 그라운드에 숨겨 둔 '킬 스위치'를 찾으라고 언급하기도 했다.

"후우…… 그래요. 강서준 씨도 전부 알아야겠죠. 이런 건 미리 말했어야 했는데 이제 와서 알려 드려 죄송합니다."

"아닙니다."

나한석은 거두절미하고 말했다.

"킬 스위치(Kill switch)는 일종의 셧 다운(Shut down)을 의미합니다. 즉…… 이 세계를 단번에 지워 죽이는 명령어라는 거죠."

킬 스위치.

한 세계를 지우는 유일한 명령어.

나한석이 킬 스위치의 존재를 알게 된 건 이 세계로 유입된 지 약 2주가 흘렀을 즈음이었다.

"우연한 기회로 광신도를 사로잡은 적이 있습니다. 그때 알게 됐어요. 광신도들이 플레이어 외에도 찾는 게 있다는 걸."

그게 킬 스위치였다.

NPC들은 모종의 이유로 플레이어를 납치해서 백신에게 넘기는 것 말고도, '킬 스위치'를 찾아 드림 사이드 전역을 헤매고 다니고 있었다.

"터무니없지만 이들은 킬 스위치를 찾아 이 세계를 지워야만 비로소 그들의 목숨도 보전된다고 믿고 있어요."

강서준은 미간을 구기면서 나한석에게 되물었다. 약간 이해가 되질 않았기 때문이었다.

"세계가 지워지는데 목숨을 보전한다고요? 그게 가능한가요?"

앞뒤가 뒤바뀐 모순된 말이었다. 하지만 나한석도 그쪽에 대해선 자세히 알진 못했다. 그는 어깨를 으쓱이며 답했다.

"글쎄요. 다만 백신들이 저들에게 약속한 게 있는 것 같았습니다."

과연 백신들이 어떤 말로 NPC들을 구워삶았는지는 모를 일이다.

하지만 그 덕에 나한석은 광신도들의 행동을 조금이나마 이해했고, 킬 스위치라는 다소 허무맹랑한 내용도 믿게 됐다.

"해서 우리도 조사를 시작했어요. 만약 킬 스위치가 정말 존재한다면 그들보다 먼저 찾아내야 하니까."

나름의 목표도 있었다.

바로 킬 스위치를 찾아 낙원의 깊숙이 숨겨 버리는 것.

그렇게만 한다면 영원히 그들의 행적은 백신들이 찾을 수 없다. 이 세계가 지워질 일도 없을 것이다.

그들이 백신에게 계속 걸린 이유는 포탈을 열어 드림 사이드 전역을 헤집고 다녔기 때문이니까.

그때 옆에서 가만히 듣고 있던 남자. 종전까지 나한석과 말싸움을 하던 '백승수'가 볼멘소리를 냈다.

"대위님. 그만 좀 하세요. 아직도 모르겠어요?"

"뭘요?"

"왜 자꾸 있는지 확신할 수 없는 걸 찾아 모험을 하려는 거죠? 대위님 때문에 계속 위험해질 뿐이라는 걸 어째서 모르는 겁니까!"

백승수는 따지듯 말했다.

"처음부터 킬 스위치란 건 없었어요. 우리들을 낙원에서 꿰어 내기 위해 백신들이 NPC들을 선동한 거짓말이니까!"

그는 참담한 얼굴이었다.

"낙원이 망가지고 새로 지은 것만 벌써 세 번째입니다. 되도 않는 헛소문에 휘둘려 죽은 이들만 수십이고요."

나한석은 말이 없었다. 대신 백승수만 더욱 기세를 덧붙였다.

"이번에도 희생자만 무려 15명입니다. 심지어 본래 부활했어야 할 녀석들도 죽었어요. 나 대위님. 그게 무슨 뜻인지 모르겠어요?"

그는 잠시 입을 다물었다가 말했다.

"적들의 수준은 이제 우리가 부활하지 못할 정도로 강해졌다는 겁니다. 그런데도 다시 포탈을 열겠다고요? 난 그렇게는 못합니다. 이건 모두를 죽이는 일입니다!"

부활했어야 하지만 부활하지 못한 플레이어. 강서준은 문득 황제의 손에 소멸하던 일련의 플레이어들을 떠올렸다.

'설마 그들이…….'

여태 벌어지지 않았던 일이라면 이번에 새로 등장한 황제의 영향일 확률이 높았다.

강서준은 이들이 왜 이토록 두려워하는지 얼추 이해할 수 있었다.

한편으로는 이런 생각도 들었다.

'나도 죽을 뻔했군.'

황제가 변덕을 부리지 않았더라면.

그는 그 칼날에 목이 잘려 그대로 소멸했을지도 모르겠다.

그러고 보니 그 이후는 어떻게 된 거지? 백신들로부터 다들 도망치는 데엔 성공한 건가?

적어도 이곳에 있는 생존자들만 봐서는 당시의 절망적인 순간으로부터 살아남았다는 것만은 알 수 있었다.

한참을 말이 없던 나한석이 입을 연 건 그때였다.

"그럼에도 우린 킬 스위치 수색을 멈춰선 안 됩니다. 만약 정말로 존재한다면 낙원조차 한순간에 지워질 테니까요."

"당신 정말…… 대책 없는 소리를!"

"만에 하나라도! 가능성이 있다면 문을 열고 나가서 조사를 해야 해요. 그게 우리가 살아남을 유일한 방법인 걸 왜 모릅니까!"

두 사람의 의견은 좀처럼 좁혀질 기미가 없었다.

만약을 대비해야 한다는 나한석의 말과, 그조차 백신의 함정이라는 백승수의 의견은 치열하게 부딪쳤다.

둘 다 설득력이 있었다.

이후로도 도돌이표처럼 반복되는 의견 대립은 길게도 이

어졌다. 아무래도 결론을 내릴 수 없었는지 한참을 열을 내던 두 사람의 대립이 잠시 소강상태로 넘어갔고.

나한석은 흥분을 가라앉히며 강서준에게 시선을 돌렸다.

"근데 킬 스위치는 왜 물어보신 거죠?"

"……아, 그게요."

강서준은 쓰게 웃었다.

사실 이들의 의견 대립은 의미가 없었으니까.

너무 두 사람이 열을 내고 있기에 섣불리 말을 못 꺼내고 있었을 뿐이다.

강서준은 그에게 이목이 집중됐다는 걸 느끼며 나지막이 종지부를 지을 말을 꺼냈다.

"아무래도 제가 킬 스위치를 찾은 것 같거든요."

이후, 강서준은 죽고 난 뒤 보았던 경험들을 그의 기억과 관련된 부분만 쏙 빼서 말해 줬다.

어느 지하에서 고문을 받던 남자.

그리고 백도어를 통해 이 세계로 넘어오게 한 사람이 아마도 '관리자'일 것으로 추정된다는 것.

그가 찾으라는 NPC가 바로 그 남자라는 것까지 말이다.

나한석은 헛헛하게 웃음을 터뜨렸다.

"방금 아이크라고 하셨습니까?"

"아십니까?"

"당연하죠. 낙원을 처음으로 만든 사람이 바로 그 사람입니다!"

강서준은 미간을 좁히며 나한석의 이야기에 집중했다. 좀더 들어 보니 생각보다 아이크가 낙원에 관여한 것들이 대단히 많았다.

나한석은 고개를 주억거리면서 말했다.

"어쩐지 이상하다 했어요. NPC인데 프로그램에 대해서 너무 잘 안다 싶었지!"

강서준은 나한석이 무슨 생각을 하는지 알 수 있었다. 그의 말마따나 아이크가 해낸 업적은 고작 NPC가 해낼 것들이 아니었다.

결론은 하나였다.

"아이크 본인이 관리자인 거군요."

하지만 나한석을 제외하고 대다수의 플레이어들은 반신반의하는 눈치였다.

특히 백승수는 대놓고 말도 안 된다며 강서준의 말을 부정했다.

"당신을 의심하려는 건 아닙니다만…… 너무 비현실적인 얘기 아닙니까? 여태 어떤 플레이어도 죽고 난 뒤 그런 경험을 한 적이 없습니다."

나한석은 입술을 잘근 깨물면서 핀잔을 던졌다.

"하지만 이대로 그냥 넘기기엔 찜찜한 게 너무 많아요. 정말 킬 스위치가 있다면…….'

"글쎄. 없다니까요?"

"백승수 씨. 감정적으로 대할 문제가 아닙니다."

"대위님이야말로 정신 차려요. 정말 꿈에서 봤다는 허무맹랑한 얘기를 믿고 또 포탈을 열겠다는 건 아니죠?"

백승수는 좌중을 돌아보며 말했다.

"다들 이번에 확실히 느끼지 않았습니까? 아마 다음번엔 우린 버티지 못할 겁니다."

백신의 개수는 매번 침공 때마다 늘어났고, 그 수준도 감당할 수 없을 정도로 커지고 있었다.

이번엔 천운이 따라서 이렇게 살아남았을 뿐. 그조차 아니었다면 과연…….

백승수는 침울한 목소리를 냈다.

"그 괴물 같은 백신이 무슨 이유인지 돌연 물러나지만 않았으면 우린 전부 죽은 목숨이었어요. 안 그렇습니까?"

좌중은 말이 없었지만 침묵 속에서 긍정이 이어졌다. 그만큼 황제가 보여 준 힘은 무시무시했다.

"설령 킬 스위치가 있다 하더라도 전 더 이상 목숨을 앞당기고 싶지 않습니다. 차라리 모르는 게 나아요. 한날한시 갑자기 그냥 죽어 버리는 게……!"

절망의 끝은 수용이라고 하던가.

그는 이미 죽음을 받아들이고 있었다.

또한 다른 플레이어들도 비슷한 감정을 느끼고 있었다. 은 연중에 고개를 끄덕이는 이들도 많았으니까.

짙은 패배감이 어렸다.

'이제야 알겠군.'

강서준은 그제야 낙원이 가진 진짜 문제점이 무언지 깨달을 수 있었다.

어째서 이들의 의견이 좀처럼 좁혀지질 않고, 지지부진하게 싸움만 이어지는지도.

'전부 오답이니까.'

과연 이들의 문제가 백신 때문일까.

섭종 된 세계에 갑자기 난입됐기 때문일까.

결국 지워질 뿐인 세계라서?

죽을 수도 있으니까?

수만 가지의 원인이 떠올랐고, 강서준은 그 모든 걸 부정할 수 있었다.

'원인은 하나야.'

강서준은 한 걸음 앞으로 나서며 말했다.

"틀렸어요. 당신들은 진즉에 포기했던 겁니다."

"네?"

"이미 죽기로 결정한 사람들과 무슨 대화를 합니까. 당신들은 정말 가망이 없는 사람들입니다."

생각해 보면 이들 중 단 한 명도 지구로 돌아가겠다는 말을 꺼낸 사람은 없었다.

나한석조차 강서준에게 처음으로 했던 말은 앞으로 이곳에서 살아가야 하니 적응해야 한다는 것이었다.

이들에겐 귀환의 의지가 없다.

포기한 것이다.

"당신들은 언제 무너질지 모르는 모래성 같은 낙원에 있습니다. 그렇게 죽음을 외면하면서 포기를 안식이라 여긴 거죠."

또한 이루리가 왜 낙원을 두고 모든 것이 거짓뿐인 마을이라고 표현했는지 이해할 수 있었다.

애초에 그곳엔 진실이 없다.

NPC, 플레이어, 전부 마지못해 살 뿐인 세계.

강서준의 말에 백승수가 발끈하고 나섰다.

"당신이 뭘 안다고 나섭니까? 이제야 이 세계로 난입한 주제에…… 우리가 여기서 무얼 겪었고, 어떤 심정이었는지. 당신이 뭘 안다고 함부로 말하는 겁니까!"

백승수의 말은 끝나지 않았다.

"난 말입니다. 출근길에 이곳으로 난입됐어요. 눈떠 보니 이 세계였단 말입니다. 그뿐인 줄 알아요? 전 이곳에 오자마자 죽었어요. 네? 당신이 그 기분을 아냐고요!"

그는 김시후와 마찬가지로 오픈 초기에 이곳에 유입된 케이스였던 모양이다.

또한 시작부터 죽임을 당했고.

이후로도 숱한 위기를 넘어온 것이다.

강서준은 어깨를 으쓱이며 답했다.

"알아야 합니까?"

"네?"

"징징대지 마시죠. 세계가 멸망하는 게 어디 당신에게만 벌어진 일입니까?"

백승수는 무어라 말하고 싶은 눈치였지만 강서준이 속사포처럼 쏘아 낸 다음 말 때문이라도 입을 다물어야 했다.

"어제 15명이 죽었다고 했죠."

일격에 일당백의 전사들이 소멸한 건 터무니없는 일일 것이다. 하물며 여태 같이 싸웠던 동료의 죽음은 당연히 슬픈 일이다.

하지만 말이다.

"당신들은 운이 좋은 겁니다. 이제야 고작 15명이 죽었으니까."

"당신 지금 뚫린 입이라고……!"

"서울은!"

강서준은 격한 감정을 억누른 목소리로 말했다.

"하루에 수천 명씩 죽었습니다."

문득 로테월드에서 희생당한 신입 사원 '노영수'가 떠올랐다.

그는 드림 사이드 1의 계정이 있음에도 로그인조차 하질 못하고 비명횡사를 당했다.

또한 비단 그만의 일이 아니었다.

수많은 사람들이 생존을 위해 싸워 볼 기회도 없이 한 줌의 뼛가루조차 남기질 못하고 아스라이 사라졌다.

"그들에겐 두 번째 기회란 없었습니다. 한데 당신들은 어땠습니까?"

여긴 목숨이 여러 개일 뿐만 아니라, 한 번의 죽음은 고스란히 드림 사이드 1의 능력치를 복구시켜 줬다.

모든 걸 소멸시키려는 백신도 터무니없지만 이들도 사실 치트를 쓴 꼴이 아닌가.

"다들 주변을 제대로 둘러봐요. 이곳이 정말 당신들의 낙원입니까? 죽어도 정말 괜찮아요?"

강서준은 그를 바라보는 사람들의 시선을 똑바로 마주했다.

"저는 다릅니다. 이딴 곳에서 죽을 생각은 추호도 없어요."

비록 곰팡이가 피어나는 반지하일지라도, N무 인생으로 아무런 성취를 느끼지 못하는 삶이었을 지라도.

"전 돌아갈 겁니다. 제 일상으로."

비단 드림 사이드 1을 두고 하는 말이 아니었다. 강서준의 목표는 세계가 이 꼴이 난 이후로 단 한 번도 바뀐 적이 없다.

하지만 백승수는 절망을 쥐어짜듯 말했다.

"케이 님도…… 당신도 결국 죽었잖아요. 그 괴물을 상대할 방법은 없는 거잖아요. 결국 우린……."

그래. 그랬었지.

강서준은 허무하게 단칼에 죽었다.

근데 말이다.

"잊었습니까?"

"네?"

"죽으면 계정이 완전히 복구된다는 사실요."

백업

일단 급조된 낙원부터 벗어난 강서준은 폐허가 된 도시를 지나고 있었다.

그리고 두말할 것도 없이 따라나선 여러 플레이어들이 보조를 맞추고, 그중 나한석은 백승수를 흘겨보며 입을 열었다.

"낙원에 남는다지 않았습니까?"

"네?"

"차라리 죽는 게 낫다면서요."

그 질문에 뜨끔한 표정을 짓는 플레이어는 하나둘이 아니었다. 백승수는 멋쩍게 웃으며 답했다.

"흠흠…… 진심이 아닌 거 알지 않습니까."

괜히 무기를 만지작거리며 먼 곳을 바라보는 백승수. 그

모습을 보면서 강서준은 쓰게 웃었다.

낙원에서 절규하던 모습이 떠올랐기 때문이었다.

–차라리 모르는 게 나아요. 한날한시 갑자기 죽어 버리는
게……!

하지만 지금의 그는 의기소침한 데는 있어도 전처럼 극단
적인 절망에 빠진 얼굴이 아니었다.

"그땐 답도 없었잖습니까……."

희망이란 원래 그런 것이다.

다 꺼져서 없어진 것처럼 보이지만 작은 불씨 하나만 찾는
다면 이렇게 들불처럼 일어난다.

고작 '강서준'이 데이터를 복구했다는 사실만으로도 다들
의욕을 되찾은 것처럼 말이다.

'설마 이들이 정말 죽고 싶었겠어.'

답을 찾을 수 없는 난제 앞에서 부득이하게 굴복했을 뿐.

그러니 작은 힌트만 쥐여 줘도 사람들은 알아서 스스로를
불태우며 일어난다.

괜히 먼 산을 바라보던 백승수는 일부러 화제를 돌리듯 질
문을 던졌다.

"근데 여긴 왜 온 겁니까? 킬 스위치는 블랙 그라운드에
있다면서요."

"그렇긴 합니다만 아직 준비가 덜 됐거든요."

"네? 준비요?"

"백승수 씨. 던전 공략에서 가장 중요한 게 뭔지 압니까?"

곰곰이 고민하던 그가 답했다.

"글쎄요. 레벨이 아닐까요?"

틀린 말은 아니었다.

RPG 게임에서 레벨이란 대단히 중요했다. 누구든 그 수준만 높다면 던전 공략은 수월해진다.

하지만 강서준이 기대하는 답은 아니었다.

레벨이 미치는 영향이 제아무리 커도 반드시 공략을 성공으로 이끄는 확실한 방법일 수는 없었으니까.

강서준은 차분히 정답을 알려 줬다.

"바로 정보예요. 제아무리 레벨이 높아도 그 조건이 까다로우면 속수무책으로 죽거든요."

과거 그가 S급 던전 '용의 무덤'에서 속절없이 죽어 버렸던 것처럼.

만약 그때 '용의 무기'라는 정보만 있었다면 결과는 달라졌겠지. 불사의 특징만 빼고 본다면 할 만한 싸움이었으니까.

"한데 우리가 가진 정보는 너무 빈약해요. 백승수 씨. 이대로 블랙 그라운드에 가면 킬 스위치를 찾을 수 있겠습니까?"

"······막연하군요."

"네. 그래서 정보를 먼저 얻어야 해요."

게다가 찾더라도 문제다.

킬 스위치에 대한 세세한 정보도 없이 자칫 실수를 저지른다고 생각해 보라.

킬 스위치가 제멋대로 활성화되어 버린다면 그땐 스스로 세계를 지운 테러리스트가 되는 거다.

'거기다 블랙 그라운드는 유일하게 몬스터가 남아 있는 땅이야. 백신들도 접근하기 꺼릴 재난도 수두룩하고.'

물론 현시점의 강서준이야 두려울 게 없지만…….

여하튼 강서준은 어느덧 다다른 목적지를 올려다봤다.

옆으로 30도 정도 기운 탑.

"그래서 우린 이곳에 온 겁니다."

이탈리아에 있는 피사의 사탑과도 같은 모양새. 옆으로 기울어서 무너질 것만 같은 탑.

이름하여 '마탑'이다.

"보기완 달리 진짜 무너지진 않으니까. 다들 조심히 따라와요."

"네."

강서준은 망설임 없이 폐허로 남아 버린 마탑으로 진입했다.

예상대로 그 안엔 최근까지 사람이 살았던 흔적이 있었다.

플레이어들은 바로 긴장해야 했다.

"설마 여긴……."

"아마 광신도들의 본거지였겠죠. 근데 바쁘게 떠난 것 같네요."

조금 곤란했다.

설마 '그'를 데리고 벌써 떠났으면 안 되는데.

"얼른 이동합시다."

강서준은 마탑에서도 깊숙이 지하로 내려가는 길목을 찾았다. 무너져 내린 기둥 사이로 교묘하게 감춰진 입구가 있었다.

그곳에서 강서준은 깃발 하나를 찾을 수 있었다.

"꿈에서도 이 깃발을 봤었거든요."

"깃발요?"

"역시 마탑의 깃발이었네요."

어두컴컴한 외길을 따라 내려가 보니 죄인들을 가둬 두는 여러 개의 철창이 나타났다.

당장 이곳에 갇힌 죄인은 없었다.

오직 한 명만이 구석에 힘없이 널브러져 있었다.

'다행히 데려가진 않았네.'

시체처럼 엎어져 있는 남자.

강서준은 미간을 구기며 철창으로 다가갔다.

"아이크 씨……."

강서준의 질문에 아직 시체가 되질 못한 아이크가 천천히 고개를 들었다.

흐린 눈동자가 이쪽을 바라봤다.

"……케이?"

"같이 갑시다. 데리러 왔어요."

⬥

낙원으로 옮기고도 아이크는 긴 시간을 수면에 빠져들었다. 오랫동안 고문을 받은 여파인지 체력이 도통 회복되질 않았기 때문이었다.

"그나저나 정말 관리자일까요?"

"……글쎄요. 당사자가 눈을 뜨질 않으니."

"흐음."

다행히 하루가 지나고 이튿날이 되니, 아이크는 겨우 눈을 뜨고 일어날 수 있었다.

그 소식을 접한 강서준은 한달음에 이루리를 데리고 아이크에게 향했다.

'이루리라면 거짓은 간파해 주겠지.'

아늑하게 꾸며진 낙원의 한쪽 방 안에는 아이크가 있었다. 꽤 원망스러운 표정을 짓고서.

"기껏 정보를 알려 줬더니 아직까지 여기서 뭘 하고 있는 겁니까. 지금쯤 블랙 그라운드에 갔어도 벌써 갔어야 하는데……."

"당신을 살리고 있는데요."

"그게 중요해요?"

"네. 아무래도요."

답답한지 괜히 짜증만 내던 아이크는 이윽고 고통에 기침을 뱉었다. 회복 중이라 그런지 다행히 각혈하진 않았다.

"킬 스위치…… 기어코 놈들은 스스로 정보를 알아내서 블랙 그라운드로 향했어요. 케이 님. 아직도 모르겠어요?"

"뭘요?"

"이러고 있을 시간도 없다고요!"

아이크가 불안하게 소리칠 때마다 플레이어들 사이로도 그 불안이 전염됐다.

각자 저마다의 방식으로 불안감을 표현하고 있었는데.

아이크는 문득 강서준을 보며 말했다.

"뭡니까? 왜 웃죠?"

"미안해요. 특별한 이유는 없었어요. 그냥…… 관리자라고 해도 우리랑 다를 게 없는 게 신기해서요."

"그럼 관리자라고 뭐 특별한 줄 알아요?"

"어? 진짜 관리자가 맞나 보네."

떠봤는데 바로 걸려들었다.

그렇게 침묵이 흘렀다.

강서준은 옆에서 세차게 고개를 끄덕이는 이루리를 확인하고, 다시 아이크에게 시선을 던졌다.

"그럼 됐습니다. 슬슬 본격적으로 얘기를 시작해 보죠."

"……뭡니까?"

"일단 블랙 그라운드는 걱정 마세요. 아무렴 당신을 찾는 다고 그쪽에 아무런 대비를 하질 않았을까."

강서준은 예리하게 눈을 빛내며 말했다.

"그보다 아이크 씨. 물어야 할 게 있습니다."

"……?"

"일단 진실요."

강서준은 잠시 말을 멈췄다가 입을 열었다.

"이 세계는 대체 뭡니까?"

"무슨 뜻이죠?"

"말 그대로예요. 이 세계가 뭔지 설명해 줬으면 합니다."

솔직히 관리자를 만나면 가장 묻고 싶던 질문이었다.

그에겐 불과 몇 달 전만 해도 즐겨 하던 게임이, 어느 순간 현실이 되어 버렸으니까.

어째서 세계가 이렇게 된 걸까.

'현실이 됐음에도 백신, 바이러스, 롤백, 백도어, 버그…… 게임 요소는 전부 갖추고 있고 말이야.'

과연 '게임 속 세계'에 그가 빠진 건지, 아니면 그의 현실 이 게임이 되어 버린 건지.

분간도 되질 않는다.

아이크는 한숨을 푹 내쉬면서 답했다.

"별거 아닙니다. 그저 114번째로 실패해서 멸망한 세계니까."

"……114번째 실패요?"

"아는 거 아니었습니까? 당신이 사는 지구는 115번째로 시작된 드림 사이드란 걸."

강서준은 헛웃음을 삼켰다.

"……2 아니었습니까."

"그야 당신네들 기준이고."

문득 이곳으로 들어올 적 0114번 채널로 연결됐다는 말이 떠올랐다.

그리고 지구는 0115번 채널이었다.

"케이 님, 아니 강서준 씨. 당신이 생각하는 것보다 이 세계는 단순하고 복잡합니다."

"확실히…… 그런 것 같네요."

"해서 제가 할 수 있는 말은 여기까지. 이 이상 말하는 건 제아무리 섭종 된 곳이라고 해도 시스템에게 걸립니다."

"네?"

"전 아직 소멸할 생각 없으니까."

여태 한숨을 참던 그는 강서준을 보면서 뭔가를 떠올렸는지, 대뜸 손가락을 튕기며 말했다.

"이렇게 된 거 잘됐네요."

"네?"

"강서준 씨. 당신에게 정식으로 의뢰하고 싶은 게 있었어요. 음…… 좀 더 알기 쉽게 말하자면 '퀘스트'입니다."

눈앞으로 시스템 메시지가 나타난 건 그때였다.

터무니없지만 이것만으로도 아이크가 관리자라는 걸 증명할 수 있었다.

퀘스트 – 아이크의 의뢰

분류 : ?
난이도 : ?
조건 : 당신은 멸망한 세계에 있습니다. 이 일은 당신만이 해낼 수 있죠.
　　　　요구 조건을 만족시키세요. 보상을 얻을 것입니다.
제한 시간 : ?
보상 : 채널 #0115로의 진입
실패 시 : 사망

일단 주목할 점은 보상이다.

'0115채널로의 진입?'

강서준이 사는 지구는 관리자의 말마따나 115번째 공략이 이뤄지는 곳.

0115채널로 불린다.

즉.

"지구로 돌아갈 방법이 있는 겁니까?"

"물론이죠. 행여나 당신이 백도어를 통해 넘어왔을 때를 대비해서 진즉에 준비해 뒀어요."

"꽤 철저하군요."

"아무렴 115번째 실패를 만들 순 없으니까요."

강서준은 말없이 아이크를 바라보며 호흡을 정돈했다. 아직 보상으로 기뻐하기 전에 알아야 할 게 있었으니까.

"요구 조건은 뭐죠?"

"간단해요. 강서준 씨가 저를 도와 이 세계의 데이터를 지구로 백업시켜 주면 됩니다."

"……백업요?"

강서준이 미간을 구기며 반문하자, 아이크는 더더욱 신중한 얼굴로 말했다.

"강서준 씨라면 할 수 있는 일입니다. 만약 이번 일만 성공적으로 해낸다면 당신을 비롯하여 플레이어 전원을 지구로 돌려보내 드리죠. 약속합니다."

그 말에 얘기를 듣고 있던 가까운 플레이어들이 환호를 내질렀다.

꿈에도 꾸질 못하던 복귀가 가시화되는 순간이었으니 이해 못 할 바는 아니었다.

하지만 강서준은 침착한 태도를 고수했다.

"플레이어 전원 말이죠."

"네. 그럼 의뢰는 수락한 걸로 알고……."

아이크가 대뜸 손부터 앞으로 내밀어 악수를 청하자 메시지부터 나타났다.

[퀘스트를 수락하겠습니까?]

[Yes / No]

결정을 강요하듯 깜빡이는 메시지.

강서준은 미간을 좁히며 조심스레 창을 옆으로 밀어 뒀다. 그대로 아이크를 향해 의문을 던졌다.

"구체적인 방법을 알려 주세요."

"……말했듯 백업입니다. 제가 낙원을 데이터화하여 강서준 씨에게 건네면 당신은 그걸 보관하고 계시다, 나중에 기회가 될 때 0115채널에 백업해 주면 됩니다."

"좀 더 구체적으로 말해 줘요. 너무 두루뭉술하잖아요."

강서준의 언사가 약간 언짢았을까. 옆에서 듣고 있던 플레이어들이 당황한 게 보였다.

상대가 관리자라 다들 겁먹은 듯했다.

나한석조차 굉장히 조심스러운 눈치였고, 백승수나 김시후는 말할 것도 없었다.

구석에서 존재감이라곤 단 1도 없는 그림자처럼 숨어 있었으니까.

다행히 아이크는 불쾌하단 표정은 아니었다. 대신 선명한 어조로 강서준을 향해 말했다.

"우연인지 필연인지 마침 당신은 '도깨비의 왕'이 되어 있더군요. 벌써 전용 장비들도 모았고."

"갑자기 그건 왜……."

"당신의 도깨비감투 속의 일정 공간만 빌리겠습니다. 더도 말고 덜도 말고…… 정식 업데이트가 진행되는 1년 차까지만요."

관리자 아이크는 다시 손을 내밀었다.

"이제 답이 됐습니까? 시간이 없어요. 얼른 움직여서 킬 스위치를 찾아야……."

"결정했습니다."

강서준은 아이크의 말을 잘라먹으면서 팔짱을 끼고 말했다.

"거절합니다."

"네?"

"다시 말해 줘요? 전 당신의 제안을 거절하겠다고요."

예상하지 못한 말일까.

벙 찐 아이크의 주변으로 플레이어들이 비슷한 심정으로 강서준을 멀뚱멀뚱 바라보고 있었다.

백업(Backup).

혹시 모를 실수나 오류, 바이러스 등을 대비하여 원본을 미리 복사해서 옮겨 두는 일.

아이크가 말하는 '백업'의 의미는 명확하게 이해하고 있었다.

'그러니까 삭제가 예정된 드림 사이드 1의 데이터를 드림

사이드 2의 세계인 지구로 옮기고 싶다는 거야.'

목적은 이해했다.

멸망한 세계엔 답이 없고, 안전한 세계가 눈앞에 있으면 누구든 그곳을 목적지로 삼고 싶은 건 당연한 일이니까.

하지만 말이다.

'⋯⋯백업은 어쩌면 언제 터질지 모르는 시한폭탄 같은 걸지도 몰라.'

의도가 순수하다고 그 결과까지 이롭게 나올까. 강서준은 백업이란 행위가 어쩌면 지구에 커다란 불운을 불러올지도 모른다고 생각했다.

'못해도 백신과 바이러스가 들끓던 세계의 데이터를 운반하는 일이야. 정상적인 건 아니지.'

본래 백업은 망가진 세계에서 하는 게 아니라, 망가지기 전에 미리 옮겨 두는 행위니까.

그는 바로 수긍할 수는 없었다.

'그런 시한폭탄을 안고 지구로 돌아가라고? 너무 위험하잖아.'

그리고 사실 백업만이 문제가 아닐 것이다.

바로 이 남자.

'과연 믿을 수 있을까?'

강서준은 아이크를 가만히 쳐다봤다. 순한 얼굴을 한 그였지만, 사실 그의 정체는 이 세계의 관리자.

이 남자는 플레이어의 편일까?

정말 그들에게 이로운 존재일까?

'장담할 수 없어. 그러니 확실히 해야 해.'

아이크는 아연실색하여 물었다.

"대체 왜…… 어째서 거절하는 겁니까? 지구로 돌아가고 싶지 않습니까?"

"돌아가고야 싶죠."

"한데 왜……!"

그와 마찬가지로 다른 플레이어들도 전혀 납득하지 못하는 표정이었다.

괜히 긴장한 그들을 둘러보며 강서준은 차분하게 입을 열었다.

"절 구해 주신 건 고맙게 생각하고 있어요. 가능하면 아이크 씨를 돕고 싶은 것도 사실이죠."

"……그런데도 거절한다고요."

"네. 이건 별개의 문제니까요."

개인의 일로 세계의 위기를 초래할 수는 없었다. 강서준은 미간을 좁히며 말했다.

"적어도 백업된 것들이 지구에 손해를 끼치지 못한다는 확신이 필요해요. 전 폭탄을 옮길 생각은 없으니까요."

"그건……."

"불가능한 얘기입니까?"

아이크는 천천히 한숨을 내뱉더니 말했다. 다행히 그 뒤에 들려온 대답은 긍정적이었다.

"……아뇨. 당연한 얘기죠. 그건 걱정하지 않아도 됩니다. 이 세계의 데이터는 비정상적인 방식으로 절대 지구에 해를 끼칠 수 없을 테니까."

"어떻게 장담하죠?"

"그곳은 정식으로 운영되는 세계니까요. 무슨 일이 생기면 백신보다 시스템이 움직일 겁니다."

잠시 아이크를 바라보던 강서준도 고개를 끄덕이며 그의 말에 수긍했다.

무슨 말인지 이해됐기 때문이다.

정식으로 운영되는 게임에서 버그를 잡는 방식은 이곳 '드림 사이드 1'과는 다르니까.

'지우거나 초기화시키거나.'

일일이 백신을 뿌려 찾아내는 게 아니다. 바로 그 자리로 백스페이스나 잘라내기가 난무한다.

아마 이 백업이 문제가 된다면 시스템이 먼저 지워 버릴 것이다.

그렇다면 일단 첫 번째 문제는 해결이다.

"그리고……."

"또 뭐가 남았습니까?"

"네. 이건 개인적인 바람이지만 보상을 하나 더 추가해 주셨으면 합니다."

강서준은 조심스레 눈을 빛내며 아이크를 향해 말했다.

"정보를 주셨으면 합니다."

"……정보요?"

"향후 진행될 정규 업데이트에 관련된 정보. 그걸 공유해 주신다면 저도 당신의 의뢰를 수락하겠습니다."

강서준은 로테월드에서 노영수가 언급했던 이야기를 떠올렸다.

그때 노영수는 강서준에게 분명히 조심하라고 경고를 했었다.

'필터링되던 정보들…….'

그것들을 알아내야 한다.

비록 드림 사이드 1의 관리자였지만, 명색이 관리자가 그걸 모를 거라고 생각하진 않았으니까.

실제로 아이크도 잠시 고민하더니 말했다.

"아직 시기가 이르긴 하지만…… 못 말해 줄 것도 없죠. 알겠습니다. 그거면 충분합니까?"

"따로 챙겨 주실 게 더 있으면 더 주셔도 좋습니다."

"……끄응. 알겠습니다. 정말 그냥 넘어가는 일이 없군요. 과연 전랭커다운 견식입니다."

강서준은 쓰게 웃으며 눈앞으로 새로 수정된 퀘스트를 확인했다.

약간 양아치 같은 방식으로 보상을 더 늘려 놓은 꼴이었지
만…….

이 게임에서 이건 꽤 흔한 일이었다.

드림 사이드에서 '퀘스트창'에 나온 내용은 전부가 아니
다.

사실 받을 수 있는 보상도 말하지 않으면 못 받는 게 일쑤
인 게임. 이 정도는 해 줘야 나중에 아쉬운 소리가 안 나오는
법이다.

문득 아이크는 강서준에게 물었다.

"후…… 근데 진심이었습니까?"

"네?"

"제 도움 없이는 지구로 돌아가기 곤란했을 텐데요. 정말
로 거절할 생각으로 그런 말을 했던 겁니까?"

관리자 아이크.

그는 확실히 지구로 돌아가려면 필요한 존재일 것이다.

그만이 다른 채널로 넘어갈 입구를 열어 줄 수 있을 테니까.

그래.

표면적으로 보면 그렇다는 얘기다.

'관리자는 신이 아니다.'

서비스가 종료된 세계에서 아이크가 해낸 건 기껏해야 '킬스위치'를 숨기고, NPC를 낙원에 감춘 일.

그리고 강서준을 불러온 게 전부다.

'만능도 아니란 거지.'

실제로 그는 고작 NPC인 광신도들에게 붙잡혀 고문을 당하고 있질 않았던가.

강서준은 아이크의 얼굴을 들여다봤다. 숱한 고문으로 인한 상처는 포션으로 회복됐지만 흉터가 남아 있었다.

유능하지만 만능하진 못한 존재.

그게 강서준이 판단하는 관리자라는 존재의 간단한 정의였다.

'그렇다면 과연 채널을 여는 건 정녕 관리자만의 권한일까.'

강서준은 잠시 고민하다가 말했다.

"네. 거절했을 겁니다."

그의 도움이 없더라도 지구로 돌아갈 방법은 반드시 찾아

낼 수 있었을 테니까.

　공략법은…… 찾으면 그만이니까.

✦

　거두절미하고 강서준은 그 길로 플레이어들을 이끌고 '블랙 그라운드'로 향했다.

　낙원에서 연결된 포탈.

　블랙 그라운드 접경까지 바로 이동할 수 있었다.

　멀리 번개가 내리치고 폭풍이 휘몰아치는 땅을 바라보며, 아이크가 말했다.

　"지구로 돌아가려면 당신은 우선 블랙 그라운드에서 킬 스위치를 숨겨 둔 던전부터 찾아야 해요."

　"……던전이라고요?"

　"정확히는 진짜 던전은 아닙니다. 던전의 형태를 했을 뿐이죠."

　터무니없지만 아이크는 킬 스위치를 섭종 이후로 급조한 던전 속에 숨겨 놨다고 한다.

　어째서 그리했냐는 말에 아이크가 답하길.

　"그래야 백신이 찾질 못해요."

　제아무리 백신이라 해도 완전히 자유롭진 못하다.

　만약 그들이 무엇이든 찾아내고 뚫을 수 있는 존재라면,

낙원이란 공간은 생겨날 수 있었을까.

'결국 허점은 있고.'

그 허점이 바로 섭종 이후에 생긴 '던전'이란 것이다.

기존의 지도에 등장하지 않은 새로운 공간.

"그래서 놈들도 NPC를 앞세워서 킬 스위치를 찾으려 하는 겁니다. 백신만의 힘으로는 숨겨진 던전을 찾는 것조차 어려운 일이니까."

강서준은 고개를 끄덕이며 블랙 그라운드의 전역을 서성이는 백신을 바라봤다.

그가 선 곳에서 그다지 멀지 않은 위치에서 수백…… 혹은 수천의 백신이 득실거리고 있었다.

그럼에도 저놈들은 아직 킬 스위치를 찾질 못한 것이다.

결국 아이크의 꼼수는 통한 셈.

강서준은 백신 사이로 블랙 그라운드 이곳저곳을 샅샅이 훑고 다니는 광신도들을 발견했다.

그들도 적지 않은 수였다.

"아직 놈들이 킬 스위치를 손에 넣질 못한 것 같은데……안심할 단계는 아닙니다. 늦기 전에 우리가 먼저 되찾아와야 해요."

킬 스위치는 블랙 그라운드 내에 존재하는 던전에 숨겨졌고, 이렇듯 NPC들이 잔뜩 있는 상태라면 시간문제일 것이다.

"그나저나 저 백신들은 어떻게 따돌리죠? 이대로면 블랙 그라운드로 접근도 할 수 없겠는데요."

나한석이 걱정스러운 듯 미간을 좁히며 말했다.

확실히 블랙 그라운드로의 접근조차 불허하듯 백신의 개수는 살벌하게도 많았다.

낙원으로의 침입조차 막는 게 버거웠던 플레이어들에겐 힘든 현실.

'게다가 여긴 그냥 황무지도 아니야. 종종 칼바람이 휘몰아치고 용암이 솟구치는 재난 속 땅덩어리지…….'

그만큼 플레이어에겐 위험할 수 있는 곳이었다.

과연 백신을 뚫고, 재난을 뚫고, 광신도들의 눈을 속여 목적지까지 다다를 방법이 있을까.

해서 각자 의견을 공유하며 머리를 맞대고 논의를 이어 나갔는데.

"어쩌죠? 몰래 숨어 들어갈 방법은 없을까요?"

"투명 마법을 써 보죠."

"……백신에겐 안 통할걸요."

"포탈을 여는 건요?"

"블랙 그라운드 내부는 마력이 불안정해서 포탈이 열리질 않는다는 거 잘 알잖아요."

다양한 의견이 오갔다.

그리고 한 가지 결론이 났다.

"어떤 방법을 쓰더라도 저만한 숫자를 속이는 건 불가능해요. 제아무리 케이 님이라고 해도…….”

아마 던전을 찾기도 전에 그들 먼저 백신에게 소멸당할 것이다. 플레이어들의 의견은 공통적으로 그리 흘러가고 있었다.

가만히 대화를 듣던 강서준이 앞으로 나선 건 그때였다.

“맞아요. 저도 저놈들 전부를 속일 자신은 없습니다. 하지만…….”

강서준은 씨익 웃었다.

“이 상황을 타개할 방법은 있죠.”

“오오…… 케이 님!”

플레이어들은 환호성을 낮게 내지르며 강서준을 바라봤다. 다들 대단히 기발한 아이디어라도 있길 바라는 눈치였는데.

‘기발한 아이디어라…….’

강서준은 어깨를 으쓱이며 말했다.

“여러분들 말대로 저 정도 숫자를 속이고 들어간다는 건 불가능해요. 저한테 그런 은신 스킬도 없거니와 제가 그쪽으로 전문적이지도 못하니까요.”

“역시 그렇겠죠…….”

“그러니 방법은 하나입니다.”

강서준은 대뜸 권총을 꺼내어 총알을 장전했다. 슬슬 몸을 풀며 호흡을 정돈한 그가 말했다.

“전 정면으로 들어갈 겁니다.”

"……네? 뭐라고요?"

"절대 안 들키는 공략도, 몰래 잠입하는 방법도 중요하죠. 하지만 여기서 써먹을 공략은 그게 아닙니다."

강서준은 가만히 그의 말을 듣던 플레이어 중 백승수를 바라봤다.

문득 강서준이 그에게 공략에서 필요한 게 뭐가 있냐며 물었던 순간이 떠올랐다.

그때 그는 다른 정답을 말해 줬다.

정보라고.

하지만 때로는 정보보다 이것이 중요할 때도 있는 법이다.

매번 같은 상황일 수는 없으니까.

나한석이 미간을 좁히며 물었다.

"저 죄송하지만 강서준 씨의 얘기를 따라갈 수가 없는데요. 대체 무슨 소리를 하는 거죠?"

"이해할 필요는 없어요. 솔직히 알고 나면 꽤 허탈한 얘기거든요."

그러더니 강서준은 도깨비의 반지를 불태웠다. 그의 눈에 블랙 그라운드에서 사망했을 수많은 몬스터의 영혼들이 보이고 있었다.

'영혼까지는 지우질 않은 건가.'

어쩌면 백신은 영혼을 볼 수 없는지도 모르겠다.

그러니 백신들도 저 수많은 영혼들 사이에서 아무것도 감지하지 못한 채 가만히 서 있는 거겠지.

'그도 아니면 킬 스위치로 지울 생각이었으니까 애써 안 움직이는 걸지도 모르지.'

뭐가 됐든 강서준에겐 기회였다.

"레벨. 그리고 압도적인 실력 차. 예전엔 할 수 없었지만 지금의 저라면 가능한 일이거든요."

그러더니 강서준은 손을 앞으로 뻗었다.

적어도 이곳에 영혼들이 잔뜩 깔려 있다면 그만이 할 수 있는 일이 있었다.

"일어나라."

[장비 '도깨비 왕의 반지'의 전용 스킬, '도깨비의 부름'을 발동합니다.]
[블랙 그라운드 전역에 펼쳐진 몬스터들의 영혼이 절대자의 부름에 응답합니다.]

강서준의 손짓 한 번에 수만 마리의 영혼이 형태를 갖추기 시작했다.

실패한 던전

광신도 NPC.

자칭 '순례자' 달리아는 무거운 몸을 이끌고 황무지나 다름없는 땅을 걷고 있었다.

풀 한 포기 자라나지 못한 피폐한 땅을 지나는 순례자만 물경 수백.

이 세계에 남은 최후의 생존자들이었다.

"다들 조금만 더 걷자고. 목적지가 코앞이야."

순례자들은 군말 없이 메마른 땅을 가로질렀다. 종종 칼바람이 휘몰아쳐도 합심하여 땅을 파서 버텨 냈다.

예전 같았으면 접근조차 안 했을 '블랙 그라운드'였지만, 그들은 끊임없이 발걸음을 재촉했다.

"정지! 여기서 백신님을 소환하고 이동한다."

달리아를 비롯한 순례자들은 지친 몸을 쉴 틈도 없이 각자 아이템을 꺼내어 의식부터 펼쳤다.

곳곳에서 백신이 솟아나 사방으로 흩어지는 건 금방.

한편 달리아는 옆에서 짜증 섞인 소리를 내는 그녀의 친구 '멧지'를 볼 수 있었다.

그는 유난히 백신에 대해 험담을 늘어놓는 경향이 있었다.

"뭐가 또 불만이야?"

그러자 멧지가 기다렸다는 듯 말했다.

"그냥…… 이게 맞나 싶어서."

"뭘?"

"우린 결국 이 세계를 지워야만 살아남는다며. 그게 정말 정답이라고 할 수 있을까?"

순례자들이 정체 모를 괴물을 도와 세계를 지우려는 이유가 뭘까.

이유는 하나였다.

그저 살아남기 위해서…….

그들의 행동엔 그런 정의가 있다.

"정답이 뭐라고 중요해? 이렇게 해야 살 수 있는 건데…… 오답이라도 선택해야지?"

"것도 그래. 대체 세계를 지우는 데에 살 수 있다는 말이 어딨어. 대체 어떤 방법으로? 달리아. 넌 이해할 수 있어?"

"몰라! 하지만 황제 폐하께서 우릴 대신하여 백신님과 협
상하셨잖아."

"그놈의 백신님님님!"

멧지의 목소리가 조금 커졌을까. 달리아는 슬쩍 백신들의
눈치를 보면서 말했다.

"……우린 그냥 따르면 돼. 그게 우리가 살길이라고."

황제는 '그날' 이후로 그들에게 순례자라는 이름을 하사했
다. 종종 방황하는 플레이어를 포획해서 세계를 지우는 데에
일조해야 한다고도 했다.

그리하면 살 길이 나온다고.

믿고 따르는 자는 '에덴'으로 들어갈 수 있다고 했다.

멧지는 여전히 반발하듯 말했다.

"그걸 어떻게 확신하냐고. 저것들도 결국 세계를 지울 뿐
인 괴물이잖아?"

"쉿…… 그만 좀 해. 백신님들이 들으면 어쩌려고 그래?"

"들으라고 해. 막말로 내가 틀린 말 했어?"

달리아는 노심초사한 얼굴로 재차 백신들을 살펴봤다. 다
행히 멧지의 말이 들리지도 않는지 그들은 그저 자기 할 일
만을 묵묵히 하고 있었다.

아니.

처음부터 그랬다.

백신은 단 한 번도 그녀를 비롯한 순례자들에게 말을 건

적조차 없었다.

3단계 인간형 백신도 그랬다.

그들이 입을 여는 순간은 오직 명백히 판명된 '버그'의 앞에서였다.

'그도 아니면 플레이어……'

달리아는 한숨을 삼키며 말했다.

"어쨌든 우리에게 다른 방법이 있어? 이 거지 같은 세계에서 살아남을 방법은 에덴으로 들어가는 것뿐이라고."

"알아…… 알지만."

"그럼 군소리 그만하고 너도 일이나 좀 도와. 듣기로는 플레이어 놈들이 오고 있다는 것 같으니까."

달리아의 말에 멧지도 결국 의식을 반복하며 백신 소환을 이어 나갔다.

그렇게 얼마나 지났을까.

수백의 백신을 소환해 내자 선두에 있던 한 순례자가 큰 목소리로 말했다. 그는 황제의 심복인 기사 '벨' 경이었다.

"이번에 킬 스위치만 제대로 찾아낸다면 지긋지긋한 플레이어를 지우고 우린 에덴으로 들어갈 것이다."

슬슬 말을 꺼내는 걸 보면 출발할 때가 온 모양. 달리아는 지친 다리를 두드리며 자리에서 일어났다.

그때 옆에 있던 멧지가 황당하다는 듯 다시 입을 열었다.

"달리아."

"……뭐야? 왜 또? 뭐가 불만이야?"

"그게 아니라 달리아. 블랙 그라운드에 몬스터가 있던 가?"

달리아는 고개를 끄덕였다.

"많진 않지만 아직 생존한 개체가 있댔어. 여기가 이 세계에서 마지막으로 남은 곳이잖아. 그래서 백신님들을 소환해서 완전 소탕을……."

"확실해? 많지 않다는 거."

"멧지. 왜 자꾸 똥딴지같은 소리야? 대체 무슨 소리를 하고 싶은 건데?"

그러자 멧지는 달리아의 어깨를 흔들며 한쪽을 손으로 가리켰다.

"그게 아니라 저길 보라고! 저쪽!"

그제야 멧지가 가리킨 방향에서 거대한 먼지구름이 일고 있다는 걸 알 수 있었다.

설마 '칼바람'이라도 부는 걸까.

'아니야. 저건…….'

그녀가 먼지 구름의 정체를 깨닫기까지 긴 시간이 필요하지 않았다.

아무래도 가까워질수록 그놈들의 울음소리는 사방으로 울려 퍼지고 있었으니까.

키이이이익!

키에엑!

쿠오오오오!

달리아는 헛웃음을 흘렸다.

"저거…… 설마 몬스터?"

"그런 거 같은데."

그리고 다른 순례자들도 몬스터의 접근을 알아차리고 말
았다. 기사 벨이 당황하는 순례자들을 진정시키면서 말을 이
었다.

"괜찮아! 저쪽엔 백신님들이……."

그의 말마따나 백신을 마주한 몬스터는 속수무책으로 소
멸했다. 제아무리 레벨이 높은 몬스터라 해도 역시 이 세계
를 잡아먹는 백신에겐 소용이 없는 것이다.

"헉! 또 옵니다!"

하지만 지평선을 응시하던 달리아는 제 눈을 의심할 수밖
에 없었다. 솔직히 보는 동안에도 믿기 어려웠다.

"어떻게 이 세계에 저만한 몬스터가 아직도……."

블랙 그라운드엔 몬스터가 있다.

하지만 그 숫자는 소수.

기껏해야 B급에서 A급 수준의 몬스터가 전부일 거라는
추측이었다. 백신도 구태여 3단계까지 갈 필요가 없을 줄 알
았다.

분명 그럴 줄 알았는데…….

'외눈박이 가고일, 켈베로스, 미노타우르스, 오우거대전사, 오크대족장, 고블린부족장⋯⋯.'

대충 몬스터들을 분류해도 그 종류가 수십 개나 될 정도로 각양각색(各樣各色)이었다.

마치 이 세상에 존재하던 모든 몬스터를 총망라한 꼴이 아닌가.

"이, 이동한다! 얼른 이동해!"

"네?"

"저건 플레이어들의 수작이 분명해! 정신 똑바로 차려! 놈들에게 킬 스위치를 빼앗기면 안 돼!"

더더욱 분주하게 움직이기 시작한 순례자들은 부랴부랴 짐을 싸서 이동을 개시했다.

다행히 운도 좋게 선두의 순례자가 큰 목소리로 외쳤다.

"더, 던전입니다!"

"전방에 던전입니다!"

뒤를 살짝 흘겨 몬스터 무리를 살펴보던 달리아는 황무지 한쪽에 덩그러니 솟은 던전의 입구로 향했다.

킬 스위치가 있는 곳.

이 세계의 운명을 결정지을 던전.

달리아는 그렇게 숫자를 셀 수 없는 몬스터와 백신의 격돌을 뒤로하고.

"진입!"

던전으로 진입했다.

몬스터들의 대진격을 보던 강서준은 나지막이 침음을 삼켰다.

드림 사이드 1의 케이가 가진 능력치라면 응당 가능할 줄은 알았지만…….

'실제로 보니 더 장관이네.'

게다가 블랙 그라운드의 도처에 깔린 영혼의 숫자도 상당했다.

아무래도 백신들을 피해 이곳까지 흘러 들어온 몬스터들인 모양인데…….

'내구성이 전혀 소모되지 않았어. 서비스 종료한 세계라 그런 건가.'

모르긴 몰라도 영혼들은 갓 죽은 상태처럼 싱싱했고, 내구도도 상당한 편이라서 즉시 전력감으로 충분했다.

"일어나라!"

해서 뽑아낸 대단위의 몬스터 부대.

도깨비의 부름에 응답한 영혼은 수만을 넘어갔고, 강서준의 마력은 이미 블랙 그라운드 전역으로 뻗어 나가고 있었다.

그러자 조용해진 건 플레이어 쪽이다.

"대체 마력이 몇이야? 와…… 여태 난 뭘 했나 자괴감 드는데."

"괜히 케이 님이 아니시구나."

"이건…… 흐음. 격차가 과한데."

말로만 듣던 것보다 실제로 눈으로 봤을 때의 파급력은 차원이 다르다. 해서 조금이나마 강서준을 의심했던 소수의 플레이어들조차 바로 납득할 수밖에 없었다.

강서준은 쓰게 웃었다.

'내 게임 경력 5년이 아깝지 않았어.'

강서준이 눈을 빛내면서 전장을 둘러봤다. 더욱 본격적으로 능력을 발휘하기 시작했다.

그럼에도 그는 여유로웠다.

수만의 몬스터들을 소환하고도 케이의 마력은 끝도 없이 확장되고 있었다.

메마를 턱이 없는 우물 같네.

막말로 당장 눈앞의 태산을 무너뜨리라고 해도 그는 손짓 한 번에 가능할 것이다.

아무렴 랭킹 1위의 스텟이니까.

비록 스킬은 없다고 해도 가히 드림 사이드의 최강에 등극한 그의 능력치는 규격을 벗어나도 한참을 벗어났다.

그는 플레이어들에게 말했다.

"슬슬 이동하죠."

병 찐 얼굴의 플레이어들을 일별한 강서준은 앞서 달려 백신들과 전투를 펼치는 몬스터들의 선두를 따라잡았다.

역시 백신들의 저력은 대단했다.

수만 마리의 몬스터들의 접근에도 꿋꿋하게 버텨 나가고 있는 걸 보면 확실히…….

오히려 수천의 백신이 수만의 몬스터를 압도하고 있었다.

강서준은 뒤늦게 따라온 플레이어들에게 짧게 브리핑을 이었다.

"혼란스러운 틈을 타서 던전까지 바로 이동하세요. 그 안으로만 들어간다면 백신 걱정은 없을 테니까."

"안 그래도 그럴 참이었습니다!"

여기서부터는 구태여 말하지 않아도 전부 해야 할 일쯤은 알고 있겠지.

각자 총알을 장전하고 만전의 준비를 마쳤다. 하지만 강서준은 플레이어들에게 경고하듯 말했다.

"뭐 해요? 달릴 준비나 해요."

"네?"

"섣불리 나서지 말라고요. 방해되니까."

바닥을 톡톡 발끝으로 차던 강서준이 순간이동을 하듯 다시 나타난 곳은 몬스터와 백신들이 뒤엉켜 전투를 벌이는 땅의 상공.

그곳에서 총구를 아래로 겨눴다.

[스킬, '류안(S)'을 발동합니다.]

  동시에 그의 눈으로 보이는 수십, 수백⋯⋯ 아니 수만 개의 흐름.

  제아무리 S급 스킬이라고 해도 스텟이 따라 주질 못한다면 감히 상상도 못 할 정보를 단번에 읽어 들였다.

  강서준은 수만 가지의 흐름을 한 번에 읽고, 그중 백신들의 흐름만을 따로 분류해 내기까지 했다.

  '시작은 어디 가볍게⋯⋯.'

  그리고 수백 개의 점에 선을 잇듯 그의 총구가 빠르게 발사되기 시작했다.

  투타타타타타타!

  다소 터무니없지만 그가 쏘아 낸 '바이러스'는 모조리 백신들의 취약점에 꽂혀 들어갔다.

  일대를 장악하던 백신들이 일격에 소멸한 것이다.

  "우, 우와아아아!"

  그 장면을 관망하던 플레이어들이 일제히 환호성을 터트렸다. 바닥에 착지한 강서준은 백신들의 시선도 이쪽으로 몰린 걸 확인했다.

  -상황을 분석합니다.

  -상황에 따라 3단계로 조정합니다.

바로 3단계로 성장한 놈들.

하지만 강서준은 피식 웃음을 터뜨리며 3단계로 진화한 백신들에게 접근했다.

총구에서 불을 내뿜고.

투타타타타탕!

3단계 백신들이 속절없이 소멸하기까지 오랜 시간을 필요로 하지 않았다.

'3단계는 용을 상대하는 수준이랬지.'

그렇다면 결과는 빨랐다.

'기껏 용 정도야…….'

용은 상대할 수 없을 때야 무서운 존재였다. 하지만 지금 케이의 능력치는 용을 월등히 상회했다.

즉 3단계 백신은 우습다.

강서준은 여전히 드잡이를 멈추질 않고 백신을 학살했다.

그리고 한 가지 깨달았다.

'결국 3단계가 최종 단계였나…… 황제는 별개였어.'

황제와 비슷한 급으로 진화하는 개체는 더는 없다는 사실을.

하기야 본래 NPC였던 그가 백신의 진화 단계에 들어 있는 것 자체가 이상한 일이다.

그는 백신과 별개로 봐야 한다.

"정말 대단하군요. 가히 랭킹 1위답습니다."

"······뭘요. 예전만도 못한데."

아이크의 말에 어깨를 으쓱이며 답한 강서준은 빠르게 달려 나가는 플레이어들을 따라잡았다.

"그나저나 던전은 어디죠?"

"이 길을 쭉 따라 달리면 나올 겁니다."

강서준은 지평선 너머로 새로 백신들이 몰려오는 걸 확인했다.

하지만 그곳에서도 우후죽순 수만 마리의 몬스터가 솟아나 길목부터 막아 냈다.

적어도 던전에 입장하기 전엔 더 이상 방해받을 일은 없겠지.

"여기입니다. 알아보시겠습니까?"

"······여긴?"

이윽고 도착한 던전.

묘하게 익숙한 생김새였다.

'그래. 여긴 와 본 적이 있어.'

아이크는 쓰게 웃으면서 말했다.

"맞아요. 여긴 최후의 던전을 모티브로 만든 곳입니다."

"······최후의 던전이라고요?"

"네. 당신이 결국 실패한 이 세계의 마지막 던전이죠."

강서준은 미간을 구겨야만 했다.

'실패했다고?'

던전에 진입한 강서준은 익숙한 풍경을 둘러보며 헛웃음을 삼켜야 했다.

'실패한 던전이라고?'

짧지 않은 5년의 게임 업적에서 그가 자랑할 게 있다면, 단연 100%에 다다르는 그의 던전 공략일 것이다.

목숨 하나를 잃었던 '용의 무덤'조차도 그의 노력 앞에선 결국 무릎을 꿇지 않았던가.

적어도 그는 던전 공략에서 항상 진심이었고, 랭킹 1위라는 어마어마한 결과를 이룩할 때까지 늘 성공을 이어 왔다.

어쩌면 현실에서 늘 패배를 거듭했기 때문인지도 모른다.

강서준은 조금 과하다 싶을 정도로 드림 사이드에 몰입했고, 그만한 성적을 얻어 냈으니까.

'그런데도 실패했다고?'

믿기 어려운 얘기였지만 결과가 이를 증명했다. 정말 성공했더라면 적어도 이 세계는 이 꼴이 되진 않았을 테니까.

'하지만 납득하기 어려워. 분명 이 던전은 공략에 성공했었으니까.'

어찌 잊겠는가.

드림 사이드 1에서 공략했던 마지막 던전을······.

조금 까다롭긴 해도 충분히 공략해 낼 만한 수준으로, 대단히 어려운 던전도 아니었다.

막말로 실패하는 게 이상한 수준인 곳.

'경험치, 보상까지 빠짐없이 받았어. 심지어 공략 성공 메시지까지 확인했어. ……내가 모르는 뭔가가 남아 있는 건가?'

강서준은 과거의 던전을 본따 만든 탓인지 퀴퀴한 냄새가 풍겨 나는 주변을 둘러봤다.

허름한 고대 사원.

모든 장면이 그때와 같았다.

"케이. 당신은 이 던전에 대해 어디까지 기억하죠?"

"아마 거의 다 기억하겠죠. 그리 오래전 일도 아니었으니."

"그럼 NPC 호크도 기억하십니까?"

NPC 호크.

곰곰이 머리를 굴리던 강서준은 어렴풋이 한 남자를 떠올릴 수 있었다. 분명 던전 공략을 돕던 이 중 하나였다.

"그 사람이라면 아마……."

"네. 당신의 뒤통수를 쳤죠."

호크는 겁도 없이 이 던전에서 강서준을 배신하고 암살을 기획했던 자였다.

아이크는 쓸쓸하게 웃으며 말했다.

"그게 이 던전이 최후의 던전으로 불리는 이유고, 실패라고 여겨지는 원인입니다."

강서준은 미간을 구기며 아이크를 바라봤지만 그가 한 말의 속뜻을 이해할 순 없었다.

아이크는 강서준을 향해 물었다.

"케이. 당신은 그 사람을 어떻게 했죠?"

"당연히 죽였……죠."

드림 사이드에서의 케이는 자신의 뒤통수를 치는 자를 혐오했다.

컴퍼니에게 워낙 당한 것도 많았고 권모술수가 넘치는 게임 판이라 그런지 어지간해선 용서해 주지도 않는 편이었다.

그건 NPC라고 예외는 없었다.

감히 그의 뒤통수를 치고도 살아남은 자는 없으며, 호크 또한 같은 운명을 처하게 됐다.

PK를 걸었으니 응당한 대가를 준 것이다.

'……결국 게임이었으니까.'

강서준은 문득 떠오르는 생각에 미간을 구겼다.

"설마 그 사람이 죽은 게 문제가 되는 겁니까?"

"공교롭게도 그렇더군요."

다소 터무니없는 이야기였지만 호크는 NPC 중에서 꽤 중요한 위치에 선 자라고 한다.

그의 죽음이 곧 서비스 종료로 이어질 정도로…….

"그게 말이 돼요? 고작 게임 속 NPC 하나를 죽였다고 한 세계가 멸망한다는 게."

"어쩌겠습니까. 당신에겐 고작 게임이라도 이들에겐 그렇지 못했는걸요."

아이크는 짧게 한숨을 내뱉었다.

"어떤 세계든 핵심이 되는 인물은 존재해요. 기둥 같은 존재랄까요. 호크가 그런 인물이었죠. 그리고 기둥이 없는 세계는 결국 무너질 수밖에 없는 겁니다."

들어 본 적이 없는 얘기였다.

드림 사이드 1에 그런 중차대한 NPC가 있었다고?

황당할 정도로 말이 안 되는 이야기의 연속이었다.

'정리하자면 내가 홧김에 NPC를 죽여 버린 탓에 이 세계가 멸망했다는 건데…….'

그제야 황제의 말도 이해가 됐다.

세계의 멸망에 강서준에게도 책임이 있다는 그 말.

그건 이걸 두고 한 말이었다.

'빌어먹을…… 내가 그걸 어떻게 알아?'

새삼스럽지만 그간 별 감흥도 없이 죽이고 또 죽는 걸 방치했던 이름 모를 수많은 NPC가 뇌리를 스쳐 갔다.

그들 중 핵심 인물이 또 있었을까?

'아니…… 대단히 중요한 인물이 아니더라도 여태 내가 NPC를 죽여 온 건.'

살인일 것이다.

결국 그들은 단순한 게임 속 캐릭터가 아니라 실존하는 인간이었을 테니까.

누군가에겐 부모였고.

자식이며.

가족인 사람을…….

"너무 자책하진 마세요. 결국 그자가 약해서 벌어진 일입니다. 막말로 핵심 인물 주제에 플레이어에게 당한 게 황당한 거죠."

또한 왜 강서준을 보고 저주받은 재능을 가졌다고 비난했는지도 이해할 수 있었다.

결국 강서준이 플레이한 케이가 지나치게 강했기에 벌어진 일.

"케이. 그저 지난 일입니다. 돌이킬 수 없는 과거일 뿐이죠."

앞서 걸어가는 아이크의 뒷모습을 보면서 강서준은 입술을 짓씹었다.

돌이킬 수 없는 일…… 그건 누구보다 잘 알고 있었다.

그의 탓이 아니라는 것도.

'먼저 배신한 것도 NPC였고, 그간 내가 죽인 이들도 전부 비슷한 경유로 죽었으니까.'

강서준은 그에 따른 대응을 했을 뿐이다.

하지만.

'결국…….'

고작 NPC를 죽였을 뿐인 일은 한 세계를 서비스 종료시
켰고, 나아가 다른 세계에도 영향을 줬다.

　　'드림 사이드 2.'

　　현실이 게임이 된 원인이었다.

⋘⋙

　　오래된 고대 사원은 그저 과거의 모습을 본따기만 한 건지
다른 몬스터의 흔적은 찾을 수 없었다.

　　그저 누군가가 침입했다는 발자국만이 있었다.

　　"이상하리만치 조용해요. 너무 늦은 건 아니겠죠?"

　　"……일단 더 진입해 보죠."

　　일단 걱정을 미뤄 두고 던전을 가로지르다 보니 과거의 보
스방에 다다를 수 있었다.

　　예상대로 선객이 있었다.

　　"플레이어들이다!"

　　"광신도."

　　순식간에 대척점이 만들어지고 무기를 꺼내 쥐었다. 그리
고 그중 익숙한 남자도 발견할 수 있었다.

　　그도 강서준을 알아보았다.

　　"조금 늦었군."

　　"……멜빈 황제."

문득 황제가 서 있는 땅을 눈여겨볼 수 있었다. 세세하게 기억나는 건 아니지만 아마 이쯤이겠지.

NPC 호크가 죽은 곳.

이곳에서 그는 강서준의 뒤통수를 쳤다 처참하게 되갚음 당했다.

황제는 피식 웃었다.

"아이러니하지 않나? 모든 게 끝난 곳이면서 모든 게 시작한 곳이라니……."

"무슨 소리를 하는 거죠?"

"난 그런 아이러니가 좋아. 본디 세상사 전부 그런 것 아니겠는가."

황제는 천천히 강서준의 두 눈을 마주했다.

단순히 시선을 마주쳤을 뿐인데도 눈알을 도려낼 듯한 분위기가 흘렀다.

또한 능력치를 복구하니 이젠 보인다.

'4단계는 무슨…… 5단계라 해도 믿겠어.'

그만큼 황제와 3단계의 백신과는 차이가 과했다.

모든 능력치를 복구한 강서준조차 긴장감으로 손에 땀을 쥘 정도였으니.

황제는 무심하게 검을 뽑아 들었다.

"보아하니 과거의 힘은 되찾은 모양이군."

"……덕분에."

"그래. 그렇다면 어디……."

문득 강서준은 황제의 얼굴에서 깊은 회한을 깨달았다. 그 선명한 눈동자는 무언가를 울부짖듯 강서준에게 향했고.

별안간 공격이 시작됐다.

"발버둥 쳐 보거라."

채애애앵!

눈 깜짝할 새에 그의 앞으로 도달한 황제의 대검.

본능적으로 재앙의 유성검을 맞대어 튕겨 낼 수 있었다. 강서준은 류안을 발동시키며 바로 자세를 잡았다.

"전력으로 맞부딪치거라…… 너의 한계를 보여 달란 말이다!"

채애앵! 챙!

순간을 수십 개로 쪼개고 거기서도 찰나에 멈춰야만 공격을 볼 수 있다. 그만큼 빠르게 휘둘러지는 검격 속에서 강서준은 겨우 버티어 서 있었다.

그럼에도 놓치는 공격은 있었다.

"크윽……!"

[스킬, '초재생(F)'을 발동합니다.]

초재생이 시작됐지만 깊게 새겨진 자상은 쉽사리 지워지질 않았다.

상처는 늘어나고 그는 속수무책으로 뒤로 물러났다.

'크윽…… 너무 빨라.'

아마 스텟 수치는 비슷할 것이다.

황제가 여태 본 적 없는 괴물일지라도, 케이라는 캐릭터 또한 만만치 않으니까.

차이점이 있다면 '스킬의 유무'였다.

'멜빈 황제는 알론 제국의 황제이자 소드 마스터인 자.'

그는 한 세계의 최강자였다.

그의 검술은 단연 S급을 가뿐히 넘었고, 이를 연마해 온 세월 또한 수십 년에 다다랐다.

분명 왼쪽을 벨 줄 알았던 검이 오른쪽을 베고 있었으니…… 이 얼마나 신묘한 기술인지.

류안으로도 쉽게 파악할 수 없었다.

"가히 케이로구나. 나의 검술이 이토록 통하질 않으니."

"……여기서 그만하면 안 되겠습니까?"

"무얼 말이냐."

"구태여 세계를 멸망시킬 이유가 없지 않습니까. 이곳은 여태 당신이 평생을 걸쳐 지키고자 한 곳인데."

황제는 던전에 의해 침식되던 세상에서 최전선에 선 NPC였다.

솔직히 그런 자가 왜 백신의 앞잡이 노릇이나 하고 있는지 이해할 수 없었다.

황제는 헛웃음을 흘렸다.

"이상 속에서 살아가는구나."

"아뇨. 지극히 현실적이죠. 방법이 있고 대항할 수단이 있어요. 백신은 무적이 아닙니다."

"그래. 네놈들이 바이러스를 활용한 건 꽤 볼만했어."

"그럼……."

황제는 더욱 칼을 현란하게 휘둘렀다. 어깨가 베이고 핏물이 튀었다. 강서준은 이를 악물고 마법도 발동시켰다.

[스킬, '파이어볼(F)'을 발동합니다.]

위력이야 F급 스킬이라 한계가 있겠지만 그 숫자는 정해지지 않을 것이다.

허공에 놓인 수천 개의 불덩어리는 먹이를 노리는 아귀처럼 황제에게 들러붙은 건 그때.

쏴아아악!

하지만 황제는 단 한 번의 휘두름으로 마법을 모조리 소멸시켰다.

물론 예상했다.

강서준은 자세를 정돈하며 빠르게 접근했다. 황제는 검을 앞세워 휘두르며 말했다.

"하나 거기까지다."

"……네?"

"제아무리 수단과 방법이 있다 하더라도 이 세계의 멸망은 막을 수 없으니."

"그걸 어떻게 확신을……!"

"서버엔 유통기한이 있으니까."

황제는 다소 서글픈 어조로 말을 이었다.

"뭔 짓을 해도 이 세계의 멸망은 막을 수 없어. 서버의 유통기한…… 그러니까 채널이 완전히 소멸하는 그땐 모조리 멈춘다는 것이다."

불현듯 롤백을 위해 멈춰 버렸던 달 던전 '재앙의 유성'이 떠올랐다.

이루리가 말하길 던전이 그 꼴이 된 이유는 던전이 제 기능을 할 수 없기 때문이랬지.

'기둥이 빠진 세계는 결국 무너지는 거야.'

황제의 말은 아직 끝나지 않았다.

"슬슬 끝을 봐야겠구나. 보다시피 나의 승리를 기다리는 백성들이 있으니."

"……하지만 황제. 이 세계를 직접 멸망시키면 없던 방법이라도 생긴 답니까?"

"적어도 목숨은 부지하겠지."

"무슨……."

황제는 다시 점멸하더니 강서준의 앞에 나타났다. 여태까지 했던 그 어떤 공격도 전부 장난이라는 듯한 무시무시한 검이 다가오고 있었다.

마치 태산이 무너지는 듯한 압력.

"단련된 검사의 검은 태산을 가른다고 하지."

['멜빈 알론'이 스킬 '태산 가르기(S)'를 발동합니다.]

무려 S급 필살기.

기묘하리만치 느릿하게 움직이는 황제의 공격이었지만 피한다는 건 상상도 할 수 없었다.

저 힘은 이 주변을 모조리 범위 안에 넣고 있었다.

"케이여. 예나 지금이나 나를 방해하는 건 마찬가지겠지. 부디 이 세계를 위해 완전히 소멸하거라."

"……개소리를."

강서준도 전력을 다해 그 검에 맞부딪쳤다.

쾅! 콰아앙! 콰앙!

엄청난 폭음과 압력!

한 세계를 대표했던 두 최강자의 전투는, 결국 던전의 형태를 가까스로 유지하던 공간 자체를 붕괴시키기 시작했다.

곳곳에서 균열이 일었고.

터무니없지만 그 과정 속에서 서서히 모습을 드러내는 무언가가 있었다.

본디 이곳은 아이크가 백신으로부터 '킬 스위치'를 숨기기 위해 제작해 둔 던전.

"키…… 킬 스위치다!"

"저걸 차지해야만 해!"

전투를 관망하기에 여념이 없던 광신도나 사태를 둘러보던 플레이어들도 가만히 있을 수 없었다.

각자 추구하는 방향은 달라도 같은 목적으로 킬 스위치를 바라봤다.

"빼앗기면 안 돼!"

하지만 그때.

아무도 예기치 못한 일이 벌어졌다.

황제도.

강서준도.

심지어 관리자인 아이크조차 짐작 못 한 상황.

우연인지…… 혹은 필연인지.

[NPC '호크 알론'이 '킬 스위치'를 손에 쥐었습니다.]

['알 수 없는 흐름'에 의해 '킬 스위치'와 NPC '호크 알론'이 융합되었습니다.]

……최악이 현실이 됐다.

일종의 버그

따지고 보면 모든 일의 원인은 NPC 호크에게 케이의 암살 명령이 떨어진 것부터였을 것이다.

"더는 이 세계의 주도권을 플레이어에게 넘겨선 안 돼. 지금도 너무 늦었어. 케이 녀석이 더 성장하기 전에 죽여야 해."

"……알겠습니다. 아버지."

소드 마스터이자 한 제국의 황제인 '멜빈 알론'은 그의 자식인 '호크 알론'에게 케이의 암살을 명했다.

여태껏 그들의 세계를 구하는 데에 크게 일조한 '영웅'을 죽이는 일이었지만.

결국 그 또한 그들의 세계를 위한 행동이었기에 목적의 정당성은 충분했다.

"케이를 죽여야 우리들이 주도권을 되찾을 수 있어. 그래야만 올바른 엔딩으로 다다를 수 있어……."

NPC들에겐 그런 정의가 있었다.

하지만 결과는…….

예상보다 압도적으로 강했던 케이의 무력에 의해, 호크 알론은 그날로 죽어 버린 것이다.

'해서 세계는 멸망했고.'

한 관리자의 발등엔 불이 떨어졌다.

"이렇게 끝낼 순 없어. 방법을 찾아야…… 그래. '킬 스위치'를 숨겨야 해."

세계의 운명을 가장 먼저 직감한 관리자 아이크는 발 빠르게 '킬 스위치'부터 숨기기에 앞장섰다.

그때 그가 만든 건 '최후의 던전'을 모티브로 한 임시 던전.

가장 최근에 공략된 던전이어서 구현하기 간편하리란 관리자의 판단이었다.

근데 그게 또 문제가 됐다.

['NPC 호크 알론'의 영혼이 '알 수 없는 흐름'에 이끌립니다.]

'호크 알론'은 이미 죽어 버린 영혼이었지만, 그 역할이 너무 중차대했던 탓인지 소멸이 늦었고.

그대로 그가 죽임을 당한 던전인 '고대 사원'을 꼭 빼닮은
'아이크의 임시 던전'으로 흘러 들어갔다.
　　그뿐일까.

[플레이어 '강서준'이 '도깨비의 부름'을 발동합니다.]

　　블랙 그라운드 전역을 휘감은 한 도깨비가 내뱉은 스킬.
　　이는 호크의 영혼에도 영향을 준 것이다.

['NPC 호크 알론'이 '도깨비의 부름'에 응답합니다.]
[!]
['NPC 호크 알론'의 영혼이 '알 수 없는 흐름'에 의해 '킬 스위치'를 삼
켰습니다.]

　　모두 우연이었고.
　　또한 필연이었다.
　　중요한 건 그 모든 일들이 겹쳐 누구도 예기치 못한 현재
를 만들어 냈다는 거겠지.
　　그것도 최악의 형태로.

['NPC 호크 알론'이 포효합니다!]

강서준은 나지막이 침음을 삼키며 미간을 좁혔다.

"······허."

가공할 만한 기세를 뿜어내며 서서히 형태를 갖춘 그놈은 다시 봐도 터무니없었다.

호크 알론.

드림 사이드 1의 핵심 NPC이자, 죽어선 안 됐을 인물.

그자는 느닷없이 부활하더니 킬 스위치부터 삼켰고, 그로부터 어마어마한 힘이 사방으로 흩뿌려지고 있었다.

저도 모르게 소름이 끼친다.

'······호크의 영혼이 아직 남아 있었다고?'

그것만으로도 놀라운 일이다.

이 세계는 그가 죽었기 때문에 멸망까지 치달았던 게 아니었던가.

근데 세계는 멸망한 주제에 당사자가 부활해 버린다고?

코미디도 이런 블랙 코미디는 없다.

'젠장······.'

어쨌든 잠시 소강상태에 접어든 던전 속 분위기는 살얼음이 낀 것처럼 냉랭하게 이어졌다.

누가 먼저 입을 닫았는지는 모른다.

황제조차 말을 잃고 호크 알론을 바라보고 있었으니까. 그는 당황스러운 얼굴로 손을 뻗으며 뒤늦게 입을 열었다.

"호크······ 네놈 정말 호크가 맞느냐?"

-기억?

[스킬, '위기 감지(A)'를 발동합니다.]

불현듯 발동한 스킬.
강서준은 거두절미하고 빠르게 몸을 피했다.
찰나의 간격으로 피해 낸 광선.
또한 황제도 겨우 광선을 피해 내면서 호크를 노려봤다.
"이게 무슨……!"
대번에 성을 내는 황제였지만 그 뒷말은 이어질 수 없었
다. 그 뒤편으로 터무니없는 장면이 만들어졌으니까.
츠츠츠츳.
그리고 반경에 서 있던 광신도들.
마치 처음부터 없었던 것처럼 매끄러운 단면을 드러내며
지워진 누군가의 하반신만 남아 버렸다.
툭툭 쓰러지는 인간들의 하체를 보며 던전 내의 사람들은
재차 입을 꾹 다물었다.
백신이 쏘아 내던 광선과는 닮은 듯 다른 느낌이었다.
호크가 입을 연 건 그때였다.
-나는…….
쇳소리인지 기계 소리인지 도통 종잡을 수 없었다. 놈의
눈동자도 어딜 바라보는지 초점이 흐렸고, 좀비와 같은 몸동

작만 봐도 정상이 아니라는 걸 알 수 있었다.

가장 큰 문제는.

'저 자체로도 강하다는 거야.'

현재의 강서준과 황제를 합쳐 놓은 것보다 강하지 않을까?

'아니…… 그것으로는 부족해.'

강서준은 신이라도 마주한 기분을 느끼고 있었다. 그만큼 호크에게서 느껴지는 기운은 온몸에 족쇄라도 찬 것만 같았다.

모름지기 인간의 영역은 아닐 것이다. 감히 항거할 수 없으리란 생각이 절로 떠올랐으니까.

'이건 위험하다.'

절로 경종이 울렸다.

쉴 새 없이 그의 스킬인 '위기 감지'가 위험을 알아차리고, 모든 솜털이 쭈뼛 설 정도로 긴장이 됐다.

죽음이 목전에 있었다.

'후우…….'

그나마 다행이라고 할 건 호크는 한 번의 공격 이후로 특별한 움직임은 없다는 것.

'……아직 정신을 못 차린 건가?'

강서준은 심호흡을 길게 내뱉으며 일단 몸의 상태를 조율했다. 황제와의 전투로 상처는 많았지만 움직이는 데엔 지장이 없었다.

'일단 상황부터 파악하자. 호랑이 굴에 들어가더라도 정신만 바짝 차린다면 살 수 있어.'

요약하자면 이것이다.

죽었어야 할 호크 알론이 느닷없이 부활했고, 그 상황을 이해할 틈도 없이 놈이 킬 스위치를 가져 버렸다는 것.

해서 세계는 멸망을 앞뒀다는 점.

강서준은 호크를 슬쩍 살펴봤다.

'혹시 자아가 있을까?'

말을 하는 걸로 봐서는 분명 생각은 하는 개체였다. 하지만 움직임은 좀비 같기만 했으니⋯⋯.

무조건 인간이라 확신할 순 없었다.

'인간도 괴물도 아닌 무언가⋯⋯.'

적어도 확실한 건 단언컨대 인간에게 우호적인 존재는 아니라는 것이다.

그는 무심결에 쏘아 버린 광선으로 NPC들을 순식간에 소멸시켜 버렸으니까.

'어쩌면 원한을 갖고 있을지도.'

호크는 강서준의 손에 끝장났다.

기억을 갖고 있다면 복수를 꿈꿔도 대단히 이상하진 않을 것이다.

"⋯⋯아아."

한편 호크의 등장에 가장 놀란 건 다름 아닌 황제 '멜빈 알론'이었다.

"호크여……."

그는 호크의 시체를 두 눈으로 봤고, 또한 그 때문에 벌어진 세계의 멸망을 직접 바라본 사람.

그의 황제이자, 아버지였던 자.

한데 그의 아들인 호크가 버젓이 살아나 움직이고 있는 상황이었다.

'그렇다면 어째서……?'

왜 세계는 멸망했을까.

호크의 죽음이 원인이 아니라면, 대체 무엇 때문에 이 세계는 멸망해 버린 걸까.

늦게나마 부활했으니 이제 세계는 다시 멀쩡해질 수 있는 걸까.

황제는 고개를 가로저었다.

'진짜 호크가 아니라는 게 더 믿음직하겠군.'

황제의 눈빛에 케이의 일행으로 이곳에 나타난 관리자 '아이크'가 걸렸다.

저 남자의 수작일 것이다.

여태 멍청한 척, 부족한 척, 별 볼일 없는 척은 다 하고 있었지만. 실상 신과 가장 닮은 자가 아닌가.

감히 죽은 자를 되살려 내는 더러운 수작으로 그의 검을 무뎌지게 만들려는 속셈이 분명하겠지.

황제는 용서할 수 없었다.

"네 이놈! 감히 호크를 사칭하려 하느냐!"

성난 황제의 음성이 점차 미동조차 않던 호크에게 닿았다. 고개를 푹 숙였다가 다시 든 호크가 황제를 바라보는 순간이었다.

그리고 말했다.

─아……버지?

아버지라니!

"감히 인형 주제에 내 아들을 모욕……!"

한데 그 말과 함께 쏘아진 건 세상을 지우는 빛이었다.

정신을 차릴 틈도 없이 지근거리에 다다른 광선.

황제는 무어라 말을 잇지도 못하고 눈앞에서 번쩍이는 빛과 함께 사라지고 말았다.

"……!"

단 일격이었다.

한편 그 과정을 정면에서 목격하던 강서준은 입술을 잘근 깨물었다.

제아무리 킬 스위치를 손에 쥐었다고 한들, 그 강력한 황제를 일격에 지워 버리다니!

이 무슨 말도 안 되는 경우란 말인가. 밸런스가 무너져도 한참은 무너진 상황이었다.

하기야 킬 스위치에게 그딴 밸런스 따위는 존재하진 않겠지. 이곳이 제대로 된 게임 속도 아니고.

다음으로 호크의 시선이 닿은 건 불행하게도 강서준이었다.

─너는…….

불길한 울음 뒤엔 깊은 절망과 분노가 있었다. 뭐라 형용할 수 없는 감정이 고스란히 담긴 시선.

역시 원한이 남은 걸까.

─……케이!

이를 악물고 강서준은 전력으로 그 자리를 벗어났다. 미증유의 힘이 그가 선 곳을 날카롭게 후려치고.

단연 '킬 스위치'가 부분 발동했다.

바닥이며 천장이며, 땅이며…… 심지어 공기마저 그 빛줄기에 적중당해 소멸했다.

그리고 강서준은 가까스로 그 빛줄기를 피해 냈다.

츠츠츠츳!

돌연 나타난 의문의 빛이 그의 몸을 관통하기 전까지는 말이다.

나한석은 킬 스위치의 등장과 동시에 그쪽으로 달려들고

있었다.

분명 그러고 있었을 터였다.

일순 눈앞이 번쩍인 건 그때.

'뭐…… 뭐지? 무슨 일이 벌어지는 거야?'

생각을 길게 이을 것도 없었다.

본능적으로 멈춘 걸음과 그 앞으로 지나간 어떤 광선이 있었다.

그건 뭐라고 할까.

'불가항력.'

인간의 힘으로는 도저히 어찌할 수 없는 무언가를 마주했을 때야 느낄 법한 기분이었다.

나한석은 말 그대로 불가항력을 온몸으로 느꼈다.

'……전부 지워졌어.'

반경 안에 있던 사람들이 하반신만 남긴 채 덩그러니 사라진 광경은 가히 기괴했다.

솔직히 믿을 수 없었다.

'이게 현실인가?'

킬 스위치는 한 세계를 지우는 일종의 '명령어'라고 했다.

백신이나 광신도의 손에 들어가선 안 되는 그런 '도구'이기도 했다.

'하지만 이건 마치…….'

별안간 움직인 킬 스위치는 도구라기보다는 생명에 가까

웠다. 그것도 한 마리의 몬스터. 불가항력을 온몸에 휘감은 신격의 몬스터…….

꿀꺽.

나한석은 침음을 삼켰다.

전장이 갑자기 고요해진 건 비단 그만의 착각은 아닐 것이다.

킬 스위치를 쥐기 위해서 달려들던 광신도부터 일련의 플레이어들. 심지어 강서준과 황제조차 입을 다물었다.

터무니없지만 순간적으로 스치고 지나간 생각은 피아를 막론하고 같을 것이다.

'움직이면 죽는다.'

아닌 게 아니라 '킬 스위치'는 그만한 위압감을 줬다.

도대체 이젠 어쩌지?

머릿속이 하얗게 번지는 가운데 돌연 킬 스위치는 황제를 공격했다.

말도 안 된다고 생각했지만 황제는 그대로 소멸했고, 다음은 강서준이었다.

"강……!"

비명처럼 내뱉은 그의 앞으로 킬 스위치가 미증유의 힘을 쏘아 냈다.

시간이 멈춘 것처럼 세상의 모든 것들이 슬로모션으로 보였고, 킬 스위치의 습격을 받은 강서준이 소멸하기까지 나한석은 움직이지도 못했다.

츠츠츳.

작은 소음조차 남기질 못하고 소멸해 버린 강서준.

나한석은 숨이 턱 막혔다.

'끝이야.'

절로 떠올랐다.

감히 항거할 수 없는 신격의 존재를 상대로 일개 인간이 뭘 어찌하겠는가.

그토록 강한 강서준과 황제조차 일말의 비명도 없이 소멸했는데.

－으아아아……!

킬 스위치의 함성이 울려 퍼지면서 잠시 넋이 나갔던 정신이 화들짝 깨어났다.

그는 조용히 주변을 둘러봤다.

그와 같은 상황에 처한 수많은 인물들이 눈동자만 껌뻑이며 어찌할 바를 모르고 있었다.

나한석은 입술을 꽉 깨물었다.

'……도망쳐야.'

하지만 킬 스위치는 본래 세계를 지우는 존재였다. 도망친들 방법이 있을까.

낙원이라고 그 범위 밖에 있는 게 아닌데.

그래서 여태 킬 스위치를 찾아 헤매질 않았던가.

'방법이. 방법이……'

제아무리 머리를 굴려도 정답은 떠오르지 않았다. 차라리 자살하는 게 나을 것만 같았다.

적어도 끝은 그가 정하니까.

하지만 그런 생각을 떠올릴 때면 강서준의 굳은 두 눈동자가 떠올랐다.

절대 포기를 말하지 않던 그 눈.

'강서준 씨. 당신이라면……'

죽은 사람은 말이 없다.

나한석은 입술을 잘근 깨물며 조금씩 뒤로 물러났다. 깊은 절망만이 들숨 속에 섞여 드러나고 있었다.

　

잠시 눈을 감았다 떴다.

'여긴……'

한 줄기 빛에 직격당해 소멸당하는 줄 알았던 강서준은, 가히 멀쩡한 모습으로 숨을 골랐다.

그가 선 곳은 익숙했다.

'……백도어인가.'

문득 느껴지는 인기척에 고개를 돌리니 아이크가 씁쓸한 얼굴로 웃고 있었다.

킬 스위치에게 당할지도 몰랐던 절체절명의 순간, 그가 이곳으로 이동시킨 걸까.

강서준은 거두절미하고 물었다.

"……설명이 필요하겠는데요. 이게 대체 어떻게 된 일이죠?"

백도어 너머에는 피를 토할 기세로 포효하는 호크가 보였다. 이를 응시하며 아이크는 말했다.

"글쎄요. 변수가 발생했다고밖에 드릴 말씀이 없네요."

"변수라고요?"

"아마 저자는 호크도 아니고 킬 스위치도 아닐 겁니다. 막말로 모든 게 뒤엉켜 태어난 일종의……."

아이크는 한숨을 내쉬며 말했다.

"그래요. 일종의 버그입니다."

버그(Bug).

일종의 결함에 의해 프로그램이 오류나 오작동을 일으키는 현상.

던전화가 일어날 당시의 보스 몬스터가 사망하면 생겨나는 게 버그였고.

섭종한 세계에서도 버젓이 살아가는 NPC나 몬스터, 플레이어조차 버그였다.

아무렴 시스템이 설계하지 않은 데에서 벌어진 이상 현상인 것이다.

'버그라고 할 법하네.'

호크의 부활은 적어도 시스템이나, 관리자, NPC, 심지어 플레이어조차 바라지 않은 상황일 것이다.

예기치 못한 변수였다.

한편 스산한 목소리가 허공을 찌르고 들어온 건 그때였다.

"관리자 아이크."

한쪽에서 경멸의 눈빛을 가득 담은 사내가 있었다.

"어리석은 황제."

……과연.

호크에 의해 소멸한 줄만 알았던 황제도 결국 아이크의 백도어 너머로 이동된 듯했다.

황제는 미간을 구기며 말했다.

"전부 네놈의 짓이더냐."

"뭘요?"

"감히 죽어 버린 호크의 영혼을 가져다 이딴 추잡스러운 촌극을 벌이다니. 이 죄는 피로도 갚을 수 없을 것이야."

날카롭게 검을 뽑아 아이크에게 겨눴다. 그 살벌한 기세에 강서준이 맞서서 나서자 절로 백도어 내부에서 유형의 기운이 팽창했다.

그것만으로 백도어가 위태롭게 흔들렸다.

이를 감흥 없이 바라보던 아이크가 혀를 차더니 말했다.

"가증스럽군요. 어리석은 황제여."

"뭐?"

"이제 와서 아버지 노릇입니까?"

이어진 아이크의 말은 꽤나 신랄했다.

"호크가 죽은 게 케이의 탓이라고요? 저주받은 재능? 웃기고 있군요."

"……."

"그따위 전력으로 케이를 죽이라 명을 내린 당신 탓입니다. 이 세계를 멸망시킨 건 고작 당신의 오만이 문제였단 말입니다."

강자의 검은 무릇 명경지수와 같아 잔떨림조차 없다. 하지만 현재 황제의 검은 미세하게 떨리고 있었다.

"어리석고 오만한 황제여. 그렇게 모두를 위하는 척 사람들을 이끌어 에덴으로 향한들…… 당신의 과오가 씻겨질 줄 알았습니까."

황제는 무어라 말을 하려는 듯 입술을 들썩였지만 이내 검을 아래로 내리는 수밖에 없었다.

대답은 없었지만 그는 아이크의 말을 쉽게 부정하지도 못했다. 아이크는 한숨을 내뱉고 말했다.

"뭐, 됐습니다. 과거는 과거의 일. 지금 중요한 건 그게 아니겠죠."

그는 조금씩 균열이 일기 시작한 백도어를 둘러봤다. 또한 바깥에서 서서히 아성을 드러낸 킬 스위치 '호크'를 응시했다.

"시간이 없어요. 저놈의 정체가 뭐든 확실한 건 너무나도 위험하단 겁니다."

아이크의 시선엔 절망에 빠진 광신도와 두려움에 몸이 굳은 플레이어들이 담겼다.

혹시나 킬 스위치에게 숨소리가 들릴까 숨조차 참는 이들.

아이크가 주먹을 꽉 쥐었다.

"아마 이 세계는 통으로 지워질 겁니다. 백신도 예외는 아니겠죠."

이에 강서준은 조심스레 물었다.

"어떻게 확신하죠? 놈이 진정 '호크'라면 대화의 여지가 남은 거 아닙니까."

호크는 한 세계의 주요 인물이자, 이곳에 있는 멜빈 황제의 아들이었다.

가능성이 있다면 쉽게 포기하면 안 될 것이다.

아이크는 고개를 가로저었다.

"죽었어야 할 존재가 알 수 없는 이유로 되살아난 상태예요. 킬 스위치마저 쥐고 있고요. 정녕 대화가 가능할 거라고 생각하십니까?"

"……."

"게다가 킬 스위치엔 각인된 명령이란 게 있어요. 만약 저 녀석이 그걸 잘못 사용하기라도 한다면…… 어떻게 될 것 같습니까."

킬 스위치는 그저 지우기 위해 만들어진 명령어.

휘두르는 자에 따라 상황은 바뀔 것이다.

황제는 미간을 찌푸렸다.

"결국 호크를 저리 만든 자는 관리자 당신은 아니라는 건가."

"내가 뭣 때문에 저런 불안정한 괴물을 만들어요. 그럴 거면 애초에 킬 스위치를 훔치지도 않았지."

아이크는 호흡을 잠시 고르더니 말했다.

"다시 말하지만, 당장 중요한 건 저놈을 어떻게 하냐는 거예요. 이대로 놈이 킬 스위치 사용법을 자각하게 놔둬선 안돼요."

강서준은 미간을 구기며 황제와 아이크, 그리고 되살아난 호크까지 찬찬히 둘러봤다.

상황을 이해하기엔 정보가 너무 많았고 시간은 훨씬 부족했다. 결정을 망설일 여유는 없었다.

'다른 건 미뤄 두고 저놈부터 공략해야겠어. 그것부터 시작이야.'

복잡한 실타래가 단번에 풀릴까.

한 올 한 올 꼬인 실을 풀어내야 엉킨 실도 풀려난다.

그렇게 가만히 호크를 바라보던 강서준은 의외의 사실을 하나 발견할 수 있었다.

'진즉에 죽은 호크가 어떻게 살아났나 했더니만…… 그런 거였나.'

집중해서 보고 나니 바로 한 가닥의 실타래를 풀어낼 수 있었다.

모르긴 몰라도 '그 방법'으로 부활한 거라면…….

"아직 방법이 있어요."

강서준은 자신만만하게 말했다.

백도어에서 빠져나오는 건 들어갈 때만큼이나 순식간이었다.

다시 눈을 떴을 땐 온갖 살기가 득실거리는 던전 안.

슬슬 플레이어들에게 접근하려던 호크가 대번에 시선을 돌린 건 그때였다.

강서준은 호흡을 짧게 내뱉으며 눈을 금빛으로 물들였다.

'놈이 위험한 이유는 오직 킬 스위치를 가졌기 때문이야.'

그렇다면 공략법은 단순하다.

'킬 스위치만 빼앗으면 될 일.'

강서준은 아이크가 내린 호크의 정의를 떠올려 봤다. 그리고 그가 쥐고 있는 킬 스위치가 무언지도 생각해 봤다.

'킬 스위치는 본래 시스템의 기능이야. 버그라고 할 순 없

겠지.'

즉 현 상황에서 버그로 분류될 건, 부활해선 안 될 NPC인 호크일 것이다.

'내가 녀석을 묶어 두는 사이 황제가 호크의 영혼을 지워 버린다면?'

자고로 백신의 힘은 버그를 지우기 위해 존재한다. 여기서 황제는 백신과 결탁해서 관련된 힘을 얻은 전무후무한 NPC.

그라면 호크를 공략할 수 있을 것이다.

"조금만 시간을 끌어 주게. 녀석을 베려면 그만한 집중이 필요하니."

다행히 황제는 흔쾌히 강서준의 계획에 동참했다.

'아들에 대한 정'보다는 '세계'를 선택한 황제다웠다.

아무렴 현시점에서 호크가 제어 불가능한 상태라는 걸 모를 수는 없었겠지.

되레 그는 강서준을 슥 보더니 말했다.

"정말 괜찮겠나? 제아무리 네놈이 케이라고 해도 저만한 괴물을 단신으로 상대하겠다니……."

"걱정 마시고 각자 할 일이나 집중하시죠."

황제의 말을 대번에 잘라 낸 강서준은 정면으로 짓쳐 드는 호크를 응시했다.

잠깐 사이 이동속도도 배는 빨라진 듯했다.

'어쩔 수 없지.'

[장비 '도깨비 왕의 감투'의 전용 스킬, '이매망량'을 발동합니다.]

[이매망량은 영혼을 다룰 수 있습니다. 사용하는 영혼의 개수에 따라, 힘의 크기가 결정됩니다.]

블랙 그라운드에 가득 들어찬 수많은 영혼들을 모두 부활시키기만 한 건 아니다.

강서준은 이미 수많은 영혼을 감투에 저장해 뒀고, 아무래도 그 용량은 강서준의 수준에 비례한다.

'현시점의 내게 그 한계란 찾기 어려운 일이고.'

강서준은 용솟음치는 영혼과 그 힘을 느끼며 호크의 공격을 가뿐히 피해 냈다.

옆에서 황제가 이죽이는 소리가 들렸다.

"괴물 같은 놈. 날 상대로도 전력을 다한 게 아니었더냐."

"원래 마지막의 마지막까진 한 수를 숨겨 둬야 뒤통수를 안 맞는 겁니다."

강서준은 어깨를 으쓱이며 수만 개의 영혼을 단번에 휘둘렀다.

버겁지 않았다.

오히려 그 많은 영혼은 그저 그의 주변을 감싸 따스하단 감각도 들었다.

도깨비의 왕 '이매망량'.

도깨비의 한계가 명확해서 그렇지, 시전자의 수준이 규격을 넘어선다면 충분히 사기적인 스킬이었다.

하물며 여긴 섭종한 세계가 아닌가.

'롤백 따위 벌어지진 않겠지.'

강서준은 재앙의 유성검의 '블러드 석션'까지 발동시켰다.

그가 지닌 괴물 같던 체력의 반이 싹둑 잘려 나가며 온몸을 뒤덮은 붉은 연기가 생성됐다.

'그러고 보면 이 스텟이라면 무기가 가진 봉인은 전부 풀렸겠네.'

아쉽지만 이곳에서 재앙의 유성검의 진짜 능력이 사용될 일은 없었다.

그의 단검이 적에게 닿는 즉시 소멸할 뿐일 테니까.

어디까지나 그의 역할은 미끼다.

'이 정도로도 충분해.'

[장비 '도깨비 왕의 반지'의 전용 스킬, '도깨비불'을 발동합니다.]

어차피 휘두르기만 해도 소멸할 뿐인 영혼은 무한정 사용할 수 있었다.

강서준은 재앙의 유성검 위로 1척 높이로 솟아오른 도깨비불을 확인했다.

형태를 고착화시키고 푸른 장검처럼 변한 단검.

문득 뒤에서 황제가 말했다.

"……미친놈. 날 어디까지 업신여길 셈이었더냐."

강서준은 황제의 말을 무시하며 호크의 몸을 향해 수만 개의 영혼을 휘둘렀다.

콰아아앙!

단번에 수천이 아스라이 소멸했지만 호크에게 약간의 대미지를 입힐 수 있었다.

놈이 옆으로 조금 튕겨 나간 게 보였다.

"시끄럽고 본인 일이나 집중해요! 시간을 오래 끌진 못하니까!"

"걱정 마라! 거의 다 끝났으니!"

튕겨 나갔던 호크는 크게 포효하며 높이 뛰어올랐다.

신체 능력은 그새 올라갔다.

그와 동시에 놈이 입을 쫙 벌리자 거기서부터 미증유의 힘이 광선처럼 쏘아졌다.

세계를 지우는 명령어.

킬 스위치가 발동된 광선이다.

츠츠츠츠츳!

강서준은 이를 악물고 정면으로 뛰어들어 도깨비갑주의 영혼을 응집시켰다.

두터운 영혼의 양만큼 광선을 조금씩 막아 낼 수 있었다.

'뭐든 양이 많으면 지우는 데엔 오래 걸리는 법이니까.'

하지만 그조차 녀석이 킬 스위치의 사용법을 제대로 알지 못하여 벌어진 일이었다.

시간문제일 것이다.

어느 영화에서의 빌런이 손가락 한 번 튕기면 인류의 절반이 사라지듯.

킬 스위치도 버튼을 달칵 누르는 것으로 세계가 지워지기 쉬워야 정상이니까.

츠츠츠츳……!

그토록 두텁던 영혼의 개수도 시시각각 천 단위로 줄어들었다.

광선은 코앞까지 다다랐다.

강서준은 슬쩍 뒤편에서 열심히 검을 쥔 채로 집중을 하던 황제를 살펴봤다.

쥐뿔도 안 남은 영혼을 쥐어짜 내며 겨우 물었다.

"……아직 멀었습니까?"

"다 됐다!"

황제가 신호를 보내는 것과 동시에 강서준은 몸을 비틀어 겨우 광선을 피해 냈다.

황제도 사정거리를 벗어나면서 모종의 준비를 마친 듯했다.

그의 검에는 묘한 기운이 휘감겨 있었다.

'백신의 힘을 응축시킨 건가.'

강서준은 황제와 시선을 교차하며 타이밍을 조율했다.

영혼은 이제 실낱같이 남았다.

아마도 기회는 단 한 번이다.

'성공시키면 돼.'

원래 세상살이란 게 기회가 여러 번 주어지는 게 아니다.

목숨도 하나.

기회도 한 번.

드림 사이드 2의 세계를 살아온 강서준에게 있어 단 한 번 뿐인 기회는 익숙했다.

그는 침착하게 문제를 풀어 나갈 준비가 되어 있었다.

"……지금!"

강서준은 도깨비 갑주를 비롯한 모든 스킬을 아예 해제시키면서 단 하나에 집중했다.

오직 '호크'라는 영혼에게.

[스킬, '영안(A)'을 발동합니다.]

두 눈이 푸르게 불타면서 허름하게 찢어진 호크의 영혼이 보인다.

킬 스위치를 온전히 담지 못해, 힘겹게 그 형태만 유지하고 있는 호크의 영혼.

거기서부터 연결된 게 있었다.

'죽은 영혼을 되살리는 건 도깨비의 권능. 결국 저놈은 나

로부터 비롯됐어.'

강서준은 놈으로부터 연결된 사슬을 확인하면서 손을 내뻗었다.

그에겐 놈을 조종할 권한이 있었다.

그는 '도깨비의 왕'이니까.

'영혼'을 다루는 데에 있어선 타의 추종을 불허하는 특별한 존재였으니까.

[칭호, '도깨비의 왕'을 발동합니다.]

[소속된 모든 영혼이 '도깨비의 왕'의 명을 받듭니다.]

[백귀가 고개를 숙이며 왕에게 존경을 표합니다.]

해서 강서준은 명했다.

"멈춰."

묵직한 울림은 영혼의 사슬을 통해 호크에게 전달됐다. 과연 통할지는 모르는 일이었다.

다행히 이 명령을 킬 스위치가 반응하질 않았다.

몸부림치던 호크가 일시에 멈춰 서면서 의문으로 눈만 멀뚱멀뚱 뜨게 됐으니까.

동시에 황제가 펄쩍 뛰어올라 검을 직선으로 내리꽂고 있었다.

"호크여. 미안하구나."

츠츠츳…….

……츠츳!

한 가지 걱정했던 일이 있다.

"만약 네놈의 방법이 통하지 않는다면 어떡할 셈이냐?"

황제가 먼저 우려했고, 아이크도 동조해서 말한 이번 계획의 가장 큰 허점.

그러니까 '도깨비 왕'의 명령이 '호크'에게 정녕 닿을 수 있냐는 것이었다.

'킬 스위치는 모든 걸 지우는 명령어야. 거기엔 스킬도 포함될 수밖에 없고.'

하물며 호크는 버그처럼 나타난 존재였다. 제아무리 발단이 강서준이었다고 해도 그를 조종한다는 게 가능한 일일까.

두 가지의 변수는 강서준의 계획에 확신을 더할 수 없는 요인이었다.

적어도 영혼의 사슬이 중간에 끊어지기라도 한다면 모든 계획은 물거품으로 돌아간다.

"그럴 땐 어쩔 수 없죠. 플랜 B입니다."

"플랜 B?"

강서준은 어깨를 으쓱이며 최후의 방법을 언급했더랬다.

그때 두 사람은 종전까지 말싸움을 했던 게 어색할 정도로 이구동성으로 대답했었다.

"미쳤군."

"미쳤군요."

이론상 가능하지만, 현실적으로 성공해 내기란 극악의 확률을 자랑하는 계획.

그러니 가능하면 플랜 A에서 끝나는 게 최선이었을 것이다.

'그랬을 터인데.'

츠츠츠츳······!

불길한 소음이 만들어 내는 정면의 풍경을 보면서 강서준은 침음을 삼킬 수밖에 없었다.

대번에 지워지는 영혼의 사슬!

강서준은 어쩔 수 없이 먼저 그 사슬을 끊어, 연결되어 있던 본인까지 지워지는 일을 막을 수밖에 없었다.

또한 명령이 사라진 호크가 자유를 되찾는 건 당연한 수순.

"호크여!"

황제의 일검이 놈의 정수리에서 비켜 나가 어깻죽지를 갈랐다. 그럼에도 백신의 힘은 효용이 있는지 호크는 괴로운 비명을 질러 댔다.

문제는 그뿐이라는 것이다.

─키아악!

호크가 짜증 섞인 울음을 토해 내며 황제를 거칠게 후려쳤다. 황제의 한쪽 팔이 소멸하는 순간이었다.

황제는 다급히 뒤로 물러났다.

"……실패인가."

"아뇨. 방법은 아직 남았다고 했잖아요."

황제는 아직 대미지를 복구하지 못하고 포효하는 호크를 응시하며 말했다.

"네놈은 겁도 없군. 대체 무슨 생각으로 그런 말을 하는 거지?"

"무슨 뜻이죠?"

"플랜 B 말이다. 내가 실수하면 너도 죽어. 네놈은 대체 어떻게 날 믿는다는 거지?"

강서준은 피식 웃으면서 답했다.

"누가 당신을 믿는답니까. 그저 떠오르는 방법이 이것뿐인 거지."

"……."

"아무것도 가지지 못하는 절망적인 인생에서 가장 잊지 말아야 할 게 뭔지는 아십니까?"

강서준은 황제의 대답이 들려오기도 전에 먼저 말을 꺼냈다. 어차피 대답을 들으려고 한 질문은 아니었다.

"그럼에도 살아야 한다는 것."

살다 보면 언젠가 광명이 깃든다는 희망적인 마인드는 아니었다.

그럼에도 살아야 한다.

그건.

'죽으면 본인 손해일 뿐이니까.'

쥐뿔도 없는 인생에서 강서준이 깨달은 진실은 그것이었다.

"제아무리 더럽게 어렵고 힘든 삶일지라도 난 살아남을 겁니다. 이길 거고요. 해서 전 그저 포기를 모를 뿐입니다."

그렇게 말하는 강서준은 정작 권총을 꺼내어 자신의 머리를 겨누고 있었다.

거두절미하고 아무도 말릴 틈도 없이 방아쇠가 당겨지고, 그의 머리는 총알이 관통하고 지나갔다.

타아아아앙!

플랜 B의 시작을 알리는 신호탄이었다.

···

플랜 B.

당연히 권총으로 제 머리를 쏴서 죽는다는 자살 엔딩은 아니었다.

그에겐 이유가 있었다.

'결국 이 모든 원인은 놈에게 있어.'

플랜 A가 호크 자체를 무력화시켜 킬 스위치를 빼앗는 것이었다면, 플랜 B는 그게 실패했을 경우를 대비한 최악의 방법.

강서준의 생각은 단순했다.

'빼앗을 수 없으면 부수면 돼.'

그리고 시스템을 부수는 방법은 간단하지 않은가. 정말로 '바이러스'를 살포하면 그만이다.

본래 바이러스란 시스템을 부수기 위해 태어난 존재니까.

'만약 내가 바이러스가 된다면…… 그 힘으로 킬 스위치를 억제할 수 있지 않을까.'

해서 쏘아 낸 총알에 담긴 건 '자가 복제 바이러스'였다.

자고로 자가 복제 바이러스는 꾸준히 자기 자신을 복제하는 특징이 있었으니까.

아직 킬 스위치의 사용법을 제대로 익히지 못한 호크라면.

'통할지도 모르지.'

―케이……!

창졸간에 황제는 아이크의 백도어로 피신했고, 그사이 회복을 마친 호크가 덩그러니 남은 강서준을 발견했다.

바로 성난 외침을 내지르는 놈.

달려드는 놈을 바라보며 강서준은 섣불리 피하지 않았다.

오히려 겁도 없이 맞부딪쳤고, 단번에 소멸했다.

한데 그 옆으로 또 다른 강서준이 나타났다.

"미안하지만 호크. 넌 다시 죽어 줘야겠어."

끝이 아니었다.

호크의 정면, 후면, 측면, 위…… 사방에서 강서준이 나타났다.

호크가 성난 사자처럼 울부짖으면서 그를 소멸시키고, 또 소멸시켰지만 여전히 강서준은 계속 나타났다.

─그아아악! 죽어라……!

어느덧 수백 명으로 불어난 강서준은 오직 호크만을 향해 달려들었다.

똑같은 타이밍, 똑같은 말이 나온다.

"아니, 난 죽지 않아."

소름이 끼칠 정도로 늘어난 강서준은 호크의 주변을 완전히 뒤덮었다. 그럴수록 호크의 움직임은 조금씩 더뎌지고 있었다.

그도 그렇다.

플레이어 '케이'의 데이터가 자가 복제된다면 어떨까.

그건 생각보다 큰 파급력을 불러올 것이다.

'케이의 데이터는 5년을 쌓아 온 랭킹 1위의 정보니까.'

그 묵직한 무게는 수백 단위로 불어나서, 바이러스처럼 퍼져 나가고 킬 스위치를 붕괴시키기 위해서만 움직이는 것이다.

점차 킬 스위치를 담고 있던 호크의 영혼이 버텨 내질 못하는 순간도 다가오고 있었다.

어쩌면 킬 스위치조차 바이러스가 된 강서준을 버거워하는 듯했다.

공교롭지만 바이러스란 본디 그런 물건이니까.

"결코 포기하지도 않을 거고."

[스킬, '집중(S)'을 발동합니다.]

─그아아아악!

강서준에게 파묻힌 호크에게서 외마디 비명이 터졌다.

하지만 그보다 더 많은 강서준의 목소리가 호크의 주변을 사로잡았고, 터무니없는 방식에 의해 점차 호크의 영혼이 갈라졌다.

킬 스위치가 망가지고 있었다.

"……이게 정말 통하네요."

한편 힘겹게 창조한 백도어 너머에서, 이를 지켜보는 사람들이 있었다.

아이크는 울컥 토한 피를 스윽 닦으며 옆을 돌아봤다.

그곳엔 '강서준'이 누워 있었다.

이 모든 일이 시작할 즈음에 바이러스에 중독된 원형의 강서준을 이렇듯 백도어에 옮겨 놓은 것이다.

또한 황제가 그곳을 지키며 백도어 내부로 바이러스가 유입되지 않도록 막고 있었다.

아이크는 쓰게 웃었다.

"다시 생각해도 당신은 정말 미쳤어요."

"……"

"그러니 반드시 살아 돌아와야 합니다. 당신이란 사람에 대해서 더더욱 확신이 들었으니까."

광신도를 비롯하여 플레이어들도 조마조마한 눈으로 백도어 너머를 바라봤다. 전부 아이크가 힘쓴 덕분에 무사히 이 안으로 피신한 이들이었다.

"당신이야말로 이 세계의 진짜 엔딩을 볼 수 있을지도 모르겠으니까."

그리고 온갖 바이러스로 점철된 던전은 더 이상 아무런 소리가 울리지 않았다.

오직 강서준만이 움직였고.

그저 강서준만이 득실거렸다.

바이러스가 된 강서준은 호크를 부수는 걸로 모자라 킬 스위치를 향한 무수한 공격을 잇고 있었다.

삭제되고 복제되길 얼마나 반복했을까.

츠츳, 츳…… 츠츠츳!

소리가 점멸하더니 공중에 시스템 메시지가 도르륵 나타났다.

자세히 살펴보니 그건 정말 '시스템'이 강서준을 향해 내뱉는 경고였다.

[시스템의 치명적인 바이러스를 발견했습니다. 시스템을 복구합니다.]

백도어 너머로 드디어 백스페이스가 떨어지고, 쉬프트, 잘라내기가 난무하기 시작했다.

오직 강서준만을 지우려는 시스템의 개입.

무시무시한 광경 속에서 문득 킬 스위치를 공격하던 강서준의 앞으로 이변이 발생한 건 그때였다.

"……설마, 저건."

강서준이 킬 스위치의 무언가를 건드린 걸까. 하늘에 영상이 나타나기 시작했다.

아이크는 대번에 알아봤다.

"……서버 데이터?"

여태껏 킬 스위치가 지워 낸 서버의 데이터들.

말하자면 킬 스위치에 저장된 어떤 흔적들이었다.

「드디어 킬 스위치를 손에 넣었어. 이젠 우리도 에덴으로 갈 수 있다고!」

「……그런데 정말 에덴은 성경에 나온 것처럼 낙원일까요?」

「모르죠. 하지만 멸망한 세계에서 더는 살 수 없다는 건 확실하죠.」

영상 속에는 정체불명의 사람들이 대화를 나누고 있었다. 그곳은 멸망을 앞둔 또 다른 세계.

0113, 혹은 0112채널일까.

또 다른 드림 사이드였다.

「……이건 약속과 다르잖아? 에덴이라면서!」

「속았어요. 빌어먹을 시스템!」

「안 돼…… 안 된다고! 이럴 순 없어……!」

그들은 알론 제국의 황제가 그러했듯 손수 나서 백신을 자처한 자들이었다.

멸망한 세계를 지우는 데에 앞잡이 노릇을 했고, 이를 빌미로 '에덴으로의 출입'이 허용된 자들.

한데 그곳이 도착한 곳은 낙원이 아니었다.

「살 수 있다면서!」

누군가 울부짖었지만 메아리를 치는 목소리만 남기고 허무하게 소멸했다.

남은 건 그 형태뿐.

곧 그들의 얼굴 표정이 변하기 시작했다. 이전의 세계에서의 기억을 지닌 존재는 더는 찾을 수 없었다.

마지막으로 킬 스위치가 본인에게 저장되었던 명령어를 읊으면서 영상은 종료됐다.

「―데이터를 봉인합니다. 새로운 던전을 추가합니다.」

한편 이 모든 걸 함께 지켜보는 이들이 있다.

황제, 광신도, 그리고 플레이어들.

그들이 방금 본 영상은 한 세계가 멸망하고, 또 다른 세계가 재창조되는 과정이었다.

황제는 참담한 얼굴로 말했다.

"……결국 에덴에 들어간다고 생존을 보장받는 건 아니었군."

"아뇨. 살 수야 있어요. 그 알량한 목숨 따위는."

아이크는 한숨을 내뱉더니 말했다.

"에덴은 곧 던전이 됩니다. 당신들이 이대로 시스템을 따라간다면 그저 시스템에 종속되어, 영원히 그 명령을 따르는 꼭두각시가 될 뿐이죠. 기약 없는 미래만을 꿈꾼 채로……."

아이크는 입술을 잘근 깨물며 황제의 얼굴을 직시했다.

킬 스위치로부터 저런 영상이 재생될 줄은 몰랐지만, 어차피 이들도 언젠가 알게 될 일.

"제가 킬 스위치를 왜 숨겼겠습니까."

아이크는 씁쓸하게 웃었다.

⁂

그리고 시간은 흘렀다.

"……정말 폐허가 따로 없군."

"전 형태가 남아 있는 게 신기해요. 전 시켜도 이런 짓은 못 할 테니까."

백도어를 벗어난 아이크와 황제는 가볍게 혀를 차면서, 킬 스위치와 바이러스가 만들어 낸 풍경을 둘러봤다.

땜빵이라도 난 듯 군데군데 구멍 난 세계였다.

아이크는 어깨를 으쓱이며 바닥에 덩그러니 놓인 킬 스위치로 다가갔다.

시스템이 바이러스를 모조리 소멸시키고 말끔하게 복원까지 시켜 놓은 이 세계의 유일한 명령어였다.

"킬 스위치는 회수했네요. 이제 나머지는 황제…… 당신 몫입니다."

"글쎄. 내가 정말 도울 거라고 생각하는 건가?"

한쪽에서 숨을 가늘게 내뱉는 강서준은 바이러스의 후유증 때문인지 도통 의식을 되찾질 못하고 있었다.

그나마 더 이상 복제되지 않는 건, 황제가 그곳에 힘을 흩뿌려 놨기 때문.

더 폭주하기 이전부터 걸어 놨던 일종의 브레이크 덕이었다.

아이크는 이를 내려다보면서 말했다.

"그런 질문을 하는 것 자체가 다른 답안을 준비하는 게 아닐까 싶은데요."

"……그런가."

"네. 신소리 그만하고 빨리 해요. 시간이 흐를수록 일은 더 복잡해질 뿐이니."

황제는 피식 웃으면서 강서준을 향해 손을 뻗었다. 그 손에서 미증유의 힘이 뿜어져 나오더니 강서준의 전신을 뒤덮었다.

자고로 백신은 버그나 바이러스를 지우는 존재.

황제라면 강서준의 몸에서 바이러스만을 특정하여 소멸시킬 힘이 있었다.

처음부터 억제된 바이러스 정도야.

의지만 있다면 지울 수 있을 것이다.

"관리자여. 영원히 끝나지 않는 게 뭔지 알고 있나?"

"갑자기 수수께끼입니까?"

"대답해 보게."

"무한이겠죠. 파이(π)……나."

본래 '수수께끼의 황제'라 불리던 NPC. 멜빈 황제는 고개를 가로저었다.

"그것도 맞지. 하나 내가 원하는 정답은 '원'일세."

황제의 손에서 뿜어져 나온 힘은 점차 강서준의 몸에서 기생하던 백신을 지워 냈다.

남은 건 오직 '강서준'이란 존재.

황제가 말했다.

"원에 그려진 선은 영원히 이어져 끝을 볼 수 없는 법이 야. 안 그런가? 이 세계도 결국 그런 선 안에서 살아가고 있 는 법이지."

다른 세계로 넘어갈 수 있다는 시스템의 약속도 사실은 그 굴레를 벗어나는 게 아니었다.

오히려 그 선에 종속되는 행위.

에덴은 보상이 아니다.

"하지만 오늘 이자는 원에 종속되어 살면서 가뿐히 그 선 을 넘어가더군. 가히 케이였어."

그러더니 대뜸 미간을 구겼다.

"새삼스럽지만 지구란 곳이 부러워지는군."

이걸 받아 주겠나?

눈을 떴을 때는 잔잔한 파도 소리와 따뜻한 공기가 얼굴을
간질이고 있었다.

"……으음."

약간 멍한 기분으로 눈을 뜬 강서준은 콧노래를 흥얼거리
며, 혼자 무언가를 사부작대는 한 소녀를 보았다.

이루리.

그녀는 어디서 구했는지 커피머신으로 원두를 내리고 있
었다.

그윽한 커피 향이 차양 아래로 들어오는 햇살과 뒤엉켜 더
더욱 차분한 느낌을 만들어 냈다.

강서준은 잠시 눈을 깜빡였다.

'대체 뭐야. 적응 안 되는 이 평화로운 분위기는…….'

정신을 잃기 전에 봤던 시끄러운 소음으로 가득하던 전장과는 극적으로 차이가 난다.

어떻게 된 거지?

분명히 그는 킬 스위치를 손에 넣은 호크를 상대로 절체절명의 위기를 겪고 있었을 터였다.

강서준이 메마른 입술로 말했다.

"이루리."

"……깼네?"

"내가 지금 보고 있는 풍경에 대해서 간략히 설명해 줬으면 하는데."

이루리는 진하게 내린 커피를 음미하더니 한 모금 마시고는, 씨익 웃으면서 말했다.

"별일 아니야. 적합자가 일주일하고도 8시간 정도 그 침대에서 시체처럼 자고 있었을 뿐이니까."

"……뭐?"

이루리의 말에 퍼뜩 정신을 차린 강서준은 일단 주변을 둘러보며 이곳에 대해서 파악하기로 했다.

과연 드림 사이드 1의 세계에서 이런 분위기를 풍길 만한 곳이 어디가 있을까.

'낙원인 것 같은데. 어떻게 여기까지 올 수 있었던 거지?'

좀 더 자세한 정보가 필요했다.

그리고 관련된 정보를 알아내는 방법은 간단했다. 그의 시야에 걸리는 밀린 '로그 기록'부터 확인하면 되니까.

[퀘스트를 클리어했습니다.]
[보상은 '아이크'에게서 수령하십시오.]
[!]
['알 수 없는 영향'으로 인하여 신체의 분열과 소멸을 반복했습니다.]
[스킬, '분신(S)'을 습득했습니다.]

퀘스트 클리어 보상이야 약속된 것이었으니 그렇다 쳐도…… 분신? 이건 뭐지?

강서준은 미간을 좁히며 내용을 확인해 봤다.

분신(S)

*자가 복제를 통해 분신을 만들 수 있습니다.
*플레이어의 수준에 따라 분신의 수를 늘릴 수 있습니다.

문득 자가 복제 바이러스를 활용하던 때가 떠오른다.

수십, 아니 수백…… 수천의 강서준이 킬 스위치 하나를 잡기 위해서 달려들었었다.

'그때 생겨난 거로구나.'

본래 드림 사이드는 경험으로도 스킬이 생성된다. 대단한 연습량을 필요로 한다는 전제 조건이 있었지만, 아무래도 수천의 복제가 그 연습량을 대신한 모양이었다.

'……유용하려나. 좀 위험해 보이는데.'

이 스킬의 단점은 명확했다.

분신의 숫자가 늘어날수록 시전자의 정신에 무리가 생겨나는 것.

자칫 잘못하면 자아분열로 이어질 것이다.

수많은 본인이 늘어나고 그 생각을 하나로 통제한다는 건 그만큼 어려웠다.

'나 하나 제어하기가 벅찬 게 현실인데, 어찌 수십 명을 동시에 제어하겠어.'

그렇다고 생긴 스킬을 버릴 생각은 없었다. 방법을 몰라서 그렇지, 언젠가 유용하게 써먹을 법했으니까.

대신 강서준은 묻기로 했다.

"그 뒤로 어떻게 된 거야? 멀쩡한 걸 보면 킬 스위치는 제압된 듯한데."

"그건 제가 설명해 드리죠."

강서준의 질문에 대답한 건 어느새 활짝 열린 현관에 선 아이크였다.

약간 야윈 안색.

곧 죽을 것처럼 골골대기에 물었더니 그가 씁쓸하게 웃으면서 대답했다.

"케이 님이 그렇게 죽을 고생을 하셨는데, 저라고 가만히 있을 수 있겠습니까. 저도 뭐 좀 했죠."

관리자라고 백도어를 만드는 일은 쉬운 게 아니었다.

광신도를 비롯하여 플레이어까지 전부 수용할 백도어는 그만한 대가를 거쳐야만 하는 일.

지금도 일주일 정도를 요양하고 나서야 겨우 움직이게 된 거라고 한다.

"고생이었겠네요."

"아뇨. 제 생에서 가장 편안한 일주일이었습니다."

다시 만들어진 낙원으로 돌아온 이들은 실로 오랜만에 백신의 침략을 걱정할 것도 없이 편안한 매일을 보냈다고 한다.

아무래도 킬 스위치를 손에 넣었고.

극적으로 백신의 수장이던 '황제'와의 협상을 끝냈으니까. 더는 낙원을 위협하는 세력은 없는 것이다.

강서준은 고압적인 황제의 얼굴을 떠올렸다.

"황제는 잠시 자리를 비웠어요. 아마 당신이 일어났다는 소식을 들으면 금방 달려오겠지요."

아이크가 안쪽으로 들어오자 이루리는 두 잔의 아메리카노를 내왔다. 능숙한 바리스타처럼 커피를 건네는 그녀를 보면서 넌지시 물었다.

"커피머신은 정말 어디서 난 거야? 판타지 세계관에선 없는 물건일 텐데."

"관리자가 만들어 줬어."

강서준의 시선을 받은 아이크는 어깨를 으쓱이며 말했다.

"요양하는 동안 조금 심심했거든요. 마침 낙원의 안전장치를 유지할 필요가 없다 보니 제 힘을 다른 곳에 쓸 수 있겠더라고요."

해서 그 일주일간 오직 유흥을 위해서 관리자 권한을 남발했다고 한다.

던전을 만들 듯 유용한 아이템도 몇 가지 제작해서 플레이어를 비롯한 NPC들에게 나눠 준 것이다.

"마치 신 같네요."

"병신요?"

"그렇게 자학하면 안 아픕니까."

아이크는 자조적으로 웃었다.

"별것 아닌 잡기술에 불과해요. 정작 중요한 건 아무것도 할 수 없는 게 또 저니까."

그렇게 말하는 아이크의 얼굴엔 짙은 무력감이 감돌았다. 하기야 그는 진짜 신이 아니었다.

관리자가 정말 신과 같은 존재였다면…… 이 세계가 이렇게 허무하게 멸망하진 않았을 테니까.

"그나저나 밀린 보상부터 드려야겠죠."

아이크는 강서준에게 펜 하나를 건넸다. 익숙한 모양에 강서준은 저도 모르게 침을 삼켰다.

쥐자마자 손에 착 감기는 이 녀석.

[장비 '봉인된 펜'을 습득했습니다.]

"······이거 설마 제가 생각하는 그겁니까?"

"네. 아무래도 당신의 세계에선 구하기 힘든 물건일 겁니다."

강서준은 고개를 끄덕이며 봉인된 펜을 내려다봤다. 솔직히 지구에선 절대 구할 수 없을 거라고 생각했다.

관련 던전을 발견하지 않고서는 절대로······.

'이건 미스릴로 만들어졌으니까.'

자고로 미스릴은 판타지 세계관에서만 등장하는 신비의 광물.

지구엔 없는 물질이었다.

"이것도 받으시죠."

아이크는 강서준의 앞으로 또 다른 물건을 내밀었다. 순간적으로 PTSD를 불러올 정도로 소름이 오소소 돋는 아이템이었다.

"이건······."

"쓸 수 있는 날이 없길 바라지만 아마 필요할 겁니다. 부디 현명하게 쓰세요."

['일회성 킬 스위치'를 습득했습니다.]

설마 '킬 스위치'를 줄 줄이야.

이거 시스템에 안 걸리려나?

"걱정 마세요. 전부 탈이 안 나도록 조작을 해 뒀으니까. 그보다……."

아이크는 킬 스위치를 응시했다.

"쓸 수 있는 건 단 한 번입니다. 반드시 필요한 데에 써야 할 거예요."

강서준은 고개를 끄덕이며 얼떨떨한 얼굴로 킬 스위치를 받아 들었다.

그래. 아무렴 관리자가 준 선물인데, 시스템에게 걸릴 만한 것을 줄까 싶기도 했다.

이제 와서 그를 의심하기도 뭣하고.

"……그보다 이런 보상을 받기로 한 적은 없었는데요."

"제 선물입니다. 당신은 이만한 보상을 받아도 충분한 일을 해냈고, 또 해낼 테니까."

백업을 제대로 해내라는 뇌물 같은 건가. 강서준은 쓰게 웃으면서 그가 준 보상을 싹 챙겼다.

애써 챙겨 준 걸 내치는 것도 예의가 아니다.

"그럼 이제 약속했던 정규 업데이트에 관련된 정보를 알려 드리죠."

강서준은 괜스레 들떴던 기분을 가라앉히고 자세를 바로 했다. 어떤 물질적인 보상보다 값진 건 역시 미래에 관련된 정보일 것이다.

"네. 말씀하세요."

아이크는 미간을 좁히며 말했다.

"분명 지구엔 정규 업데이트 이전에 마족이 등장했다고 하셨죠. 또한 정규 업데이트를 조심하라는 경고도 받았다고 했고요."

얘기를 나누다 보니 아이크에게 '로테월드'에서 겪은 일에 대해 말하게 됐다.

그라면 모종의 정답을 알지도 몰랐으니까. 그리고 지금 그는 관련된 답을 꺼내고 있었다.

"아무래도 0116채널의 관리자가 일찍부터 당신의 세계에 개입하는 게 아닐까 싶습니다."

"……관리자요?"

"놀랄 건 없어요. 저도 그랬고, 당신의 채널인 0115채널의 관리자도 그랬어요. 다만 여태 정규 업데이트 이전부터 대놓고 손을 댄 역사가 없을 뿐이죠."

아이크는 약간 놀란 얼굴을 한 강서준과 시선을 마주했다. 그는 어깨를 으쓱이며 말했다.

"설마 관리자가 저 하나뿐일 거라고 생각한 건 아니겠죠."

그의 목소리 톤이 약간 낮아졌다. 그만큼 진지한 내용이

전해지고 있었다.

"수많은 세계가 있듯 수많은 관리자가 있습니다. 정규 업데이트는 관리자의 본격적인 개입이 가능하도록 만들어진 과정…… 어쩌면 케이. 당신은 그들과 싸워야 할지도 모릅니다."

이유는 간단했다.

"관리자의 목적은 오직 자신의 세계만을 위하니까요. 그는 0116채널을 정착시키기 위해 무슨 짓이든 벌일 겁니다."

강서준은 미간을 구기며 받아들인 정보를 애써 수용하려고 노력했다. 당장 이 내용을 정리하자면 한 가지 결론으로 귀결된다.

'골치 아픈 적이 또 늘었네.'

안 그래도 '용'이며 '마족'이며…… 해치워야 할 것들이 산더미처럼 쌓여 있는데.

엎친 데 덮친 격이라고.

일종의 '신' 같은 존재인 관리자마저 그의 적이 될 가능성이 농후한 것이다.

'하기야 이래야 드림 사이드지.'

이 더러운 망겜의 난이도가 쉬웠던 적은 단언컨대 없었다. 새삼스러울 것도 없는 일이다.

아이크는 정리하듯 말했다.

"해서 정규 업데이트에 관한 정보는 저도 아는 게 없어요.

그저 0116채널의 관리자가 개입해서 뭔가를 뒤틀었다는 것 정도죠."

"그런가요……."

"대신 하나. 중요한 정보를 더 드릴게요."

아이크는 강서준의 어깨에 손을 얹으면서 확고한 목소리를 꺼냈다.

"당신의 세계에도 '호크'는 존재할 겁니다. 그를 지키지 못한다면 똑같은 결말을 맞이하게 될 거고요."

그것으로 충분했다.

강서준은 아이크의 말을 바로 이해할 수 있었다.

115번이나 반복된 세계.

그 흐름이 비슷하다면 주어진 재료도 결국 닮았을 것이다.

이제 강서준은 멜빈 황제가 그러했듯, 지구의 '호크 알론'을 찾아 지키라는 것이다.

아무래도 정규 업데이트로부터 지켜야 할 대상이 그 '주요 인물'이란 거겠지.

"흐음…… 황제가 도착한 모양이네요."

아이크의 말이 끝난 지 얼마 안 되어, 그가 있는 집으로 여러 사람이 들이닥쳤다.

어떻게 알고 왔는지 황제부터 나한석, 김시후 등의 플레이어들도 함께였다.

"일어나셨군요!"

약간 눈시울을 적시는 나한석과 안도하는 플레이어들.

그 뒤를 따라 나타난 황제는 가볍게 헛기침을 하더니 말했다.

"잠이 과하더군."

"……그거 미안하게 됐네요."

그러더니 황제는 대뜸 무언가를 건넸다.

"……뭡니까?"

"오다 주웠느니라."

검은색 무광으로 빛 한 점 스며들지 않을 것만 같은 긴 총열.

한 개의 미술 작품을 보듯 손잡이에 아름답게 양각된 문양은 오래 본 것처럼 익숙했다.

낯익을 법도 하다.

'마탄의 라이플. 이건 최하나의 전용 템이잖아?'

황제는 총열을 쓰다듬으면서 놀랍게도 새침한 목소리로 말했다.

"사실 널 암살하려고 몰래 구입했던 물건이지. 하나 이젠 쓸모가 없는 듯하여."

"……."

강서준은 일단 총을 받아 들었다.

총에서 묵직하고 차가운 감촉이 느껴져 괜히 심장까지 얼어붙는 듯한 기분이 들었다.

"정말 주시는 겁니까?"

"그럼 자랑하러 가져왔겠나."

"……사양하진 않겠습니다."

이거 선물도 챙길 수 있겠네.

강서준이 마탄의 라이플을 인벤토리로 수거하는 사이, 황제는 멋쩍게 머리를 긁으면서 말했다.

"사실 그대에겐 미안한 게 많아. 여태 수많은 사람들을 구해 온 영웅인 자네에게 고맙다는 말 대신 칼을 꽂았으니까."

황제는 씁쓸하게 웃었다.

"이제 와서 하는 사과가 의미 있나 싶네만…… 미안하네. 내 세계를 위해서 내가 이기적이었어."

그는 나지막이 주머니에서 뭔가를 꺼냈다. 강서준은 대번에 그 물건이 무언지 알아볼 수 있었다.

오늘 무슨 날인가.

"이걸 받아 주겠나?"

귀환

강서준은 말없이 아래의 물건을 내려다봤다. 설마 이걸 여기서 다시 만나게 될 줄은 꿈에도 몰랐는데.

재앙의 허리벨트

단검류를 보관할 수 있다.
등급 : S
*특정 아이템을 보관할 시 한시적으로 장비의 능력을 상승시킵니다.

그리고 여기서 언급하는 '특정 아이템'이란 바로 '재앙의 유성검'을 말하는 것이다.

즉 이건 '재앙의 유성검'의 세트 아이템.

'그것도 재앙의 유성검을 일시적이나마 신화 장비로 둔갑

시켜 주는 개사기템…….'

물론 그래 봐야 레벨 300대 장비였고, 향후 얻게 되는 아이템들은 이 두 개를 합친 것보다 훨씬 좋다.

'하지만 무려 레벨 300대 아이템 주제에 500레벨까지 쓰게 만든 장본인인데.'

강서준은 군침을 꿀꺽 삼키면서 재앙의 허리벨트를 받아 들었다. 억만금을 주어서라도 구하고 싶은 물건이라면 이것일 것이다.

"덤으로 이것도 받아 가게."

"……스킬북입니까?"

"내 검술이 이대로 사장되는 건 또 원치 않으니까."

[스킬북, '태산 가르기(S)'를 습득했습니다.]

[직업 '도서관 사서'를 확인했습니다.]

[바로 습득하시겠습니까?]

강서준은 헛헛하게 웃으며 고개를 끄덕였다. 일전에 황제가 보여 줬던 무시무시한 검술이 머릿속에서 아른거렸다.

한편 황제는 미안하다는 듯 강서준에게 고개를 숙였다.

"그럼 염치 불고하고 백성들을 부탁하네."

"……네?"

"들어서 알겠지만 이번 백업엔 남은 백성들이 포함되지 않은가. 자네만 믿고 있겠네."

강서준은 어색하게 웃고 있는 아이크를 바라봤다. 아직 그에게 자세한 사정은 듣질 못했지만 얼추 어찌 됐는지는 알 만했다.

그러니까 백업에 포함될 인원이 추가된다는 거겠지.

이 또한 일종의 뇌물이다.

'하나나 열이나…… 그보다 보상을 너무 잘 챙겨 주니 슬슬 불안해지네. 설마 백업이 위험한 건 아니겠지?'

잠시 고민해 봤지만 그럴 리 없다는 결론으로 이어졌다. 아이크의 퀘스트 보상엔 적어도 안전을 보장하고 있었으니까.

뿐만 아니라 슬슬 아이크나 황제의 목적도 알 법했다.

저들에게 '백업'을 통해 115세계를 침략한다는 욕심은 없었다. 그저 멸망한 세계를 탈출하고 싶은, 피난민의 마음일 것이다.

"그나저나 언제 출발할 예정인가?"

"글쎄요. 저도 막 일어난 터라."

이에 아이크가 말했다.

"가능하다면 바로 떠날 수 있도록 준비하겠습니다. 어찌 하시겠습니까?"

강서준은 그를 바라보는 플레이어들의 시선을 느꼈다. 당장이라도 지구로 돌아가고 싶은 그 심정이 절실히 와닿는다.

하기야 꿈에서나 그리던 일이었을 것이다.

강서준은 쓰게 웃었다.

"그럼 부탁드리죠. 바로 떠나겠습니다."

휴식은 충분했다.

다시 움직일 시간이다.

⁂

햇살이 좋은 일요일.

"고롱복음 1장 1절을 낭독하겠습니다. 튜토리얼에 헬 난이도가 있음메……."

"케멘."

"케이 님이 강림하시옵고 던전은 무너졌느니라."

"케멘……."

수십 명의 사람들이 고개를 숙이며 단 한 사람의 이름을 연호했다. 한 목소리가 되어 한 이름만을 외치는 광적인 풍경.

그 앞으로 누군가가 멋들어진 정장 차림으로 연단에 섰다.

"간증합니다. 케이 님은 학창 시절의 부족한 제가 저지른 잘못을 용서하여 주셨고, 은혜를 베풀어 목숨을 구해 주셨습니다."

"케멘!"

흡사 광신도의 집회 현장.

"저 장기용은 케이 님의 동창이자, 신실한 신도입니다. 또한 케이 님의 은총을 가장 가까운 곳에서 받아 왔으며…….”

“오오!”

“케이 님이 반드시 돌아올 거라고 믿습니다. 여러분도 믿습니까?”

“케멘!”

한편 그 집회에 참여한 채로 얼굴은 되는대로 구기고 있는 한 청년이 있었다.

앳된 얼굴의 청년.

그는 머리까지 모자를 눌러쓴 채로 계속 이어지는 집회를 가만히 응시했다.

‘머저리들 같네…… 난 뭐 하자고 여기에 왔을까.’

솔직히 남자는 이 집회엔 하등 관심이 없었다. 정말로 이들처럼 믿음 따위를 가진 것도 아니고.

‘지푸라기도 잡고 싶은 심정으로 온 거긴 하지만…… 흐음.’

변명하듯 속으로 중얼거린 그는 혹시나 하는 마음에, 두 손 꼭 잡고 두 눈을 감았다.

이 게임을 시작한 이후로 단 한 번도 의심한 적이 없었던 것들이 흔들리는 요즘.

그는 스스로의 마음을 다잡아야 했다.

‘서준이 형.’

모두가 죽은 줄만 아는 케이.

성대한 장례식도 치러졌고, 그를 기리는 동상도 세워졌을
만큼 케이의 죽음은 공론화되었다.

그럼에도 절대 흔들리지 않는 광신도들을 보면서 잠시 의
심 가득했던 마음도 안정되길 바랐다.

해서, 앳된 청년…… 아니, 지상수는 집회의 기도 시간에
맞물려 속으로 빌어 봤다.

'신이 있다면 부디 서준이 형이 돌아올 수 있게 해 주세요.
슬슬 도깨비들이 반항하고 있어요. 아크도 조금 버겁고요.
사업이 커진 만큼 감당할 게 한두 개가 아닙니다. 부디 제 돈
줄…… 아니, 케이 형이 돌아오게만 해 주세요.'

그리고 그 뜻이 닿았을까.

돌연 지상수의 핸드폰에 날카로운 알림이 울렸다.

띵!

그 소리가 어찌나 컸는지 기도를 하는 사람들의 째진 눈초
리가 살벌하게 지상수에게 향했다.

하지만 지상수는 그딴 시선 따위는 신경조차 쓰질 않았다.
오히려 핸드폰부터 꺼내어 알림 내역을 확인하는 것이다.

그도 그렇다.

'이 알람 소리는……!'

그가 정해 둔 특별한 알람.

무심코 핸드폰을 내려다보던 지상수는 저도 모르게 비명
을 지르고 말았다.

"떠…… 떴다아아아아!"

작은 액정엔 GPS 신호가 또렷하게 나타났다. 오직 '케이'에게만 반응하는 그 신호가 드디어 반응한 것이다.

이 말은 즉.

'서준이 형이 돌아온 거야!'

케멘이라고 외치고 싶은 기분이었지만, 지상수는 일단 강서준에게 전화부터 걸어 보기로 했다.

그 뒤에 기뻐해도 늦진 않으리라.

한데.

–고객이 전화를 받지 않아 '삐' 소리 후 음성사서함으로 연결됩니다. 연결된 후에는…….

늘 들어 본 부재중 회신.

지상수는 호흡을 가다듬으며 떨리는 심정을 진정시켰다. 잘못 본 게 아니라면 강서준은 돌아온 게 맞고, GPS엔 그 위치가 나타날 것이다.

그래. 지금쯤 서준이 형은…….

"어…… 잠깐 여긴?"

❈

지구로의 복귀 과정은 생각보다 훨씬 간결하고 빨랐다.

관리자 아이크가 포탈을 열고 목적지를 0115채널로 수정하는 것으로 모든 준비는 끝.

강서준은 일렁이는 포탈을 확인하고 뒤편에서 그를 마중 나온 황제와 아이크를 바라봤다.

아이크가 당부하듯 말했다.

"여러분의 능력치를 조금 조정했어요. 이대로 서버를 넘어간다면 버그가 될 테니까."

해서 플레이어들의 스텟은 조금씩 너프된 상태였다. 얼추 확인해 보면 평균 레벨 190 언저리를 머물고 있었다.

"케이. 당신은 너프 폭이 꽤 클 겁니다. 하지만 절대 손해 보는 일은 없도록 하죠."

고개를 끄덕이며 아이크의 손에 스텟이 조정되는 걸 확인했다. 레벨은 저들과 마찬가지로 190레벨로 고정되고 있었다.

물론 그간 튜토리얼에서 쌓은 스텟과 얻어 낸 보너스 스텟, 모든 것들이 종합되어 대략 강서준의 실제 수준은 레벨 272 정도였다.

드림 사이드 1의 케이보다는 못하더라도, 서울에서의 강서준보다는 월등히 강해진 것이다.

'근데 벌써 지구의 평균 레벨이 190까지 올라간 건가.'

약간 놀라웠다.

시간의 흐름이 다를 거란 예상은 했지만 어쩌면 그의 생각보다 훨씬 많은 시간이 지났을지도 모르겠다.

과연 얼마나 많은 시간이 흘러 버렸을까.

'……어쩌겠어.'

어쩔 수 없는 일에 매달려 봤자 소용없는 법이다. 강서준은 한숨과 함께 미련을 털어 냈다.

그리고 아이크를 향해 말했다.

"일 처리가 빠르네요."

"밸런스 패치는 관리자의 기본 소양이니까요."

이어서 아이크는 작은 USB 하나를 건넸다.

"백업 데이터는 전부 이곳에 담겨져 있습니다. 잃어버리지 않게 조심하십시오."

"알겠습니다. 한데 어디에 업로드를 하면……."

"그건 차후 자연스레 알게 될 겁니다."

['아이크의 작은 USB'를 '도깨비 왕의 감투'에 보관했습니다.]

아이크과 시선을 마주하던 강서준은 나지막이 고개를 끄덕였다. 아무래도 이건 알아선 안 될 정보인 모양이다.

'정상적인 방법으로 알아낸 정보가 아니니, 그것만으로도 시스템의 제약을 받게 된다는 걸지도.'

정해진 때가 아니면 말하는 것만으로도 필터링이 걸리는 세계다. 조심해서 나쁠 건 없었다.

'언젠간 알게 되겠지.'

아이크는 세계의 주요 인물이 사망하자마자 시스템으로부터 킬 스위치 먼저 숨긴 철두철미한 인물이다.

그의 말마따나 백업할 곳이 어딘지는 자연스레 알게 될 것이다.

조급하게 생각할 필요는 없다.

사실 그것 말고도 신경 써야 할 문제는 산더미가 아니던가.

"그럼 이만 가 보겠습니다."

"조심히 가게나."

한편 아이크와 황제는 드림 사이드 1의 세계에 남기로 했다. 관리자였던 아이크가 지구로 넘어갈 수 없는 건 어찌 보면 당연한 일.

백신의 권능을 가진 황제 또한 같은 처지였다.

둘은 서버가 정지되는 것과 함께 사라질 운명일 것이다.

"그대의 전장에 늘 행운이 깃들길."

"……고맙습니다."

이렇게 황제와 따스하게 이별을 맞이할 줄은 몰랐는데…….

'당신들에게도 행운이 깃들길.'

어쨌든 그렇게 두 사람을 일별한 강서준은 머뭇거리지 않고 포탈을 넘기로 했다.

그를 따라 끝까지 겨우 생존한 32명의 플레이어들은 귀환

길에 오를 수 있었다.

츠츠츳…….

[칭호, '세계를 넘은 자'를 발동합니다.]
[세계를 넘을 때의 충격을 100% 상쇄합니다.]

그리고 메시지가 나타났다.

[당신의 꿈을 현실로 만들어 주는 드림 사이드!]
[환영합니다. 이곳은 '지구 에어리어'입니다.]
[플레이어, '강서준'이 로그인했습니다.]

…….

몸이 붕 뜨는 느낌과 함께 순식간에 현실 감각이 밀려왔
다.

금세 눈을 뜬 강서준은 코끝을 저미는 날카로운 추위에 먼
저 몸을 떨어야만 했다.

'……이건 눈?'

주변을 둘러보니 온통 세상은 하얗게 물들어 있었다. 다른
플레이어들도 극변한 날씨에 적응하질 못하고 추위에 바들
바들 떨었다.

"우, 우리가 어디로 이동된 거죠?"

"글쎄요. 정확한 목적지는 알려 주진 않았으니⋯⋯."

사방이 눈발이 휘날리고 뿌옇기만 한 풍경이라, 도통 위치를 산정할 수 없었다.

그래도 강서준은 만족했다.

'지구야. 다시 지구로 돌아온 거야.'

강서준이 드림 사이드 1으로 넘어갔던 곳이 '달'이었던 걸 떠올려 보자. 그나마 '달'로 돌아가지 않은 것만으로도 천만다행이 아닌가.

"일단 옷부터 챙겨 입죠."

"네."

그나마 다행일 건 '드림 사이드 1'에서 취득한 아이템들은 대개 별다른 조치 없이 지구로 가져왔다는 거다.

'섭종 보상'과 같은 취급이었다.

적당한 봉인이 이뤄져, 드림 사이드 1에서 가져온 두꺼운 외투도 충분히 착용할 수 있었다.

강서준은 일단 핸드폰을 꺼내어 봤다. 지구로 돌아왔으니 통신이 연결되었을 것이다.

하지만.

권외 지역입니다.

아쉽지만 이곳은 핸드폰이 터지진 않았다. 강서준은 가볍게 혀를 차며 고개를 들었다.

[스킬, '류안(S)'을 발동합니다.]

'주변을 뒤덮은 마력이 너무 두터워. 그래서 통신이 연결되질 않는 건가…….'

마치 블랙 그라운드에 선 기분이다.

강서준은 주변을 뒤덮은 눈덩이에 잔뜩 담긴 마력까지 확인했다. 일반적인 자연 현상은 아니라는 거겠지.

문득 나한석이 말했다.

"여기 혹시 남극은 아니겠죠."

"설마요."

"극지방이면 납득이 됩니다. 핸드폰도 안 터지는 걸 보면 한국이 아닐지도……."

그 말에 강서준은 쓰게 웃으면서 플레이어들을 둘러봤다. 어째서 나한석이 '남극'을 언급했는지도 이해가 갔기 때문이다.

'믿고 싶지 않겠지.'

이들의 대부분은 지구가 드림 사이드가 되는 것과 동시에, 드림 사이드 1으로 난입된 케이스였다.

지구가 이 꼴이 난 게 믿기지 않을 것이다. 차라리 이곳이 남극이라고 생각하는 게 편하겠지.

하지만 현실은 그리 녹록지 않다.

후우우웅…….

세찬 바람이 불어오면서 옆에 있던 눈으로 뒤덮인 언덕이 살짝 벗겨졌으니까.

눈발이 흩날리면서 그 아래에 깔려 있는 무언가를 보여 줬다.

그곳엔 다섯 글자가 적혀 있었다.

천안아산역

여긴 남극이 아니었다.

얼어붙은 도시, 천안

남극 같던 땅에서 도시의 흔적을 발견하기까진 긴 시간을 필요로 하지 않았다.

"……설마, 여긴."

일단 행군을 지속하던 일행은 눈 언덕 위에서 아래를 내려다볼 수 있었다.

그나마 눈이 덜 쌓인 곳에는 도시의 흔적이 남아 있었다.

"허……."

절로 탄식이 나왔다.

그도 그럴 게, 여태껏 그가 밟아 온 눈 아래의 풍경이 눈에 선하게 보였기 때문이다.

'설마 도시가 눈에 파묻힌 거야?'

터무니없지만 남극으로 착각할 만큼 지평선이 보였던 이유는, 빌딩이나 산 정상까지 눈으로 뒤덮였기 때문이다.

막말로 그가 밟고 지나온 언덕은 사실 '눈에 뒤덮인 도시'였던 것이다.

"여긴…… 천안이네요."

"알아보시겠습니까?"

"네. 근처의 군부대에 볼일이 있어 몇 번 와 봤어요."

나한석의 말에 고개를 끄덕인 강서준은 일단 절벽 아래로 내려가 보기로 했다.

슬슬 날이 저물어 가고 있었다. 밤을 지새울 곳을 찾아 두는 게 좋았다.

눈뿐인 설원 위에서 야영을 할 수는 없으니까.

나한석은 절벽 아래, 빙판길이 되어 버린 4차선 도로 위에서서 말했다.

"이쪽으로 가면 큰 쇼핑센터가 있을 거예요. 어쩌면 하루 정도는 충분히 보낼 수 있을 겁니다."

다행히 언덕을 따라 내려간 도시는 얼어붙긴 해도 아직 외관을 고스란히 유지하고 있었다.

강서준은 그 이유를 쉽게 추측했다.

'이쯤부터 던전의 영향이 줄어든 건가.'

현 세계에서 한 도시를 눈으로 파묻을 정도의 재난은 오직 '던전'으로부터 파생된 것뿐이다.

못해도 B급 던전.

모르긴 몰라도 강서준이 종전까지 밟고 있던 땅은 B급 던전이 발생한 여파로 만들어졌을 것이다.

'그간 몬스터를 전혀 만나질 못한 걸 보면 역시 이곳에 만들어진 던전은…… 그거겠지?'

강서준은 침음을 삼키며 얼어붙은 도시를 가로질렀다. 도시 곳곳에는 기이한 흔적이 남아 있었다.

의심은 확신이 됐다.

"반항할 틈도 없었을까요. 전부 한순간에 당했네요."

얼어붙은 인간들이었다.

좀 더 주위를 살펴 가까운 상가 내부도 살펴봤지만, 그곳에도 얼어붙은 인간들만 가득했다.

종종 몬스터마저 얼어붙은 게 보였다.

강서준은 인간을 잡아먹으려던 자세 그대로 얼어붙은 오우거 한 마리를 발견했다.

"얼어붙을 동안 본인이 어는 줄도 몰랐던 모양이네요."

미간을 구긴 강서준은 더욱 걸음을 재촉했다. 그의 예상이 맞는다면, 아마 이곳은 너무나도 위험한 곳일 테니까.

한편 뒤따라 걷던 김시후가 나지막이 신음을 흘렸다.

"서울도…… 이렇겠죠?"

오픈 초기에 드림 사이드 1로 난입했을 아이였다. 그가 지금 무슨 생각을 하고 있을지는 빤하다.

'사는 곳이 도봉동 근처라고 했지.'

강서준은 말없이 김시후의 어깨를 두드려 줬다. 그리고 섣부른 위로는 해 줄 생각은 없었다.

"익숙해져야 해. 이게 현실이니까."

"네, 네……."

그가 기억하기로는 서울에서 이런 방식으로 도시가 통으로 얼어붙은 경우는 없었다.

하지만 끔찍한 것만 따져도 서울은 만만치 않았다.

인구수가 다르니까.

아무래도 사람이 많은 만큼 그만한 숫자의 던전이 생성된다. 해서 기하급수적으로 던전이 많았던 서울은, 그 피해가 가장 컸다.

도봉동이라고 안전하다는 보장은 없겠지.

'일상이랄 건 모조리 파괴됐어. 그게 현재 이 세계의 현주소고…….'

이미 아포칼립스로 접어든 세계.

몬스터가 나돌아 다니는 게 흔한 풍경이었다.

하물며 그간 얼마나 많은 시간이 지났는지는 알 수 없었다.

어쩌면 서울에도 B급 던전이 더 나타나 난장판이 됐을지도 모른다.

'그나마 도봉동은 서울의 외곽이니, 중심보다는 던전이 적

상위0.001%
랭커의귀환

겠지만…….'

어디까지나 가능성이다.

강서준은 헛된 희망을 품게 만들어선 안 된다고 생각했다. 차라리 절망 속에서 한 줄기 희망을 갖는 게, 더욱 생존율을 높여 줄 터.

물론 말했듯 한 줄기 희망은 있다.

"그래도 살아만 있다면 아크로 이동했을 거야. 그곳이라면 플레이어가 아니더라도 안전할 수 있어."

한때는 3구역을 버리느냐 마느냐의 기로로 놓였었지만, 리자드맨의 우물을 공략하고 달 던전까지 공략했을 아크였다.

단단하게 뭉쳤겠지.

특히 달을 공략하기 위해서 플레이어와 일반 시민들이 담합하여 고생했던 나날이 있었다.

이전처럼 플레이어가 아니라고 배척당하던 분위기는 아닐 것이다.

"그리고 아크엔 강한 플레이어도 많아."

똑똑한 링링이야 말할 것도 없다. 최하나부터 지상수, 김강렬, 김훈…… 베테랑 플레이어가 즐비했다.

강서준이 잠시 자리를 비웠다고 무너질 아크가 아니다.

'하물며 나도석은…….'

그와 똑같이 헬 난이도를 공략한 유일무이한 남자. 운동 하나에 미쳐, 몬스터도 때려잡는 그라면 걱정할 일은 한결 줄었다.

강서준은 스스로 긍정하며 긴장을 덜어 냈다.

그래.

천안처럼 무너지진 않았을 것이다.

"적합자…… 저거 혹시."

그때 이루리가 강서준의 옷깃을 잡아당겼다. 그녀가 가리킨 방향에서 마력이 심상치 않은 흐름을 보이고 있었다.

[스킬, '류안(S)'을 발동합니다.]

강서준은 대번에 소리쳤다.

올 것이 왔다.

"……모두 피해요! 눈 폭풍입니다!"

빌딩 사이에서 세찬 바람이 불어오고 있었다. 그 속에 담긴 속성은 뼛속까지 쉽게 얼려 버릴 시린 냉기.

[C급 재난 '눈 폭풍'이 몰아칩니다.]

정면으로 휘몰아치는 눈 폭풍은 점점 강도가 더 심해졌다. 얼어붙은 도시 위로 폭설이 내리고 있었다.

"몸을 숨길 곳을 찾아야 해요!"

"건물로 들어갈까요?"

"안쪽이라고 무사하진 않아요."

당장 눈 폭풍을 피해도, 그 냉기까지 막아 내기엔 요원한 일.

앞서 봐 왔던 얼어붙은 도시의 정경이 이를 증명했다.

상가에 몸을 숨긴 이들은 그대로 얼어붙질 않았던가. 적어도 건물 안이라고 무조건 안전지대가 될 수는 없었다.

"일단…… 뛰어요!"

시시각각 다가오는 눈 폭풍이 그들의 뒤를 쫓았다. 안 그래도 얼어붙은 도시는 눈으로 뒤덮이고 점차 피할 공간도 줄어들었다.

크콰카카칵!

결국 도시가 이 모양이 된 것은 바로 이것 때문이다.

C급 재난 '눈 폭풍'.

최대 200레벨의 플레이어에게도 적당한 위협을 줄 기술이다.

"강서준 씨…… 저쪽에 사람이!"

그렇게 얼마나 달렸을까.

나한석의 말마따나 눈 폭풍을 대비해서 빗장을 걸어 잠그는 일련의 사람들을 발견할 수 있었다.

천안 한쪽의 거대 쇼핑센터.

그곳에서 사람들은 분주하게 쇠처럼 단단한 문을 끌어당기고 있었다.

한창 달려오고 있는 강서준 일행을 봤음에도 그들의 움직임엔 머뭇거림도 없었다.

[스킬, '마력 집중(E)'을 발동합니다.]

다리에 마력을 집중시켜 폭발적인 가속력을 만들어 냈다. 그는 함께 달리던 일행을 향해 말했다.

"전속력으로 쫓아와요. 문은 내가 어떻게든 열어 볼 테니까."

금세 거리를 좁힌 강서준은 그를 향해 날아오는 화살들을 확인했다.

안쪽에서 대기하고 있던 수 명의 사람들이 활시위를 겨누고 무자비하게 쏘아 대고 있었다.

[스킬, '초상비(F)'를 발동합니다.]

휘익! 휘이익!

류안으로 궤도를 파악하고 다가오기도 전에 초상비로 피해 냈다.

달리는 속도는 줄지 않았다.

문을 밀어 닫던 누군가의 앞에 도달한 건 그때.

"누, 누구……?"

두말할 것도 없이 강서준은 문을 닫던 사람들을 가뿐히 바닥에 넘어트릴 수 있었다.

닫히던 문이 잠시 멈추고.

일제히 그를 향해 살기가 쏘아졌다.

"일단 진정들 하시죠. 잠시만…… 잠시만 눈 폭풍 좀 피할게요."

경계를 하는 이들.

그리고 한 발짝 뒤늦게 일행들은 강서준이 겨우 막아 낸 문턱을 넘고, 거친 숨을 몰아쉬었다.

눈앞에서 무기를 쥔 이들이 각자 날붙이를 꺼내어 이쪽을 겨눴다.

그리고 그쯤.

"으아앗!"

이쪽으로 달려오던 김시후가 무언가에 붙잡히더니 공중으로 스윽 떠올랐다.

그를 잡은 건 어떠한 손.

또렷한 형체는 보이질 않고, 눈들이 뭉쳐 마치 '몬스터'와 같은 형상을 보였다.

먼저 쇼핑센터를 차지하고 있던 사람들이 대번에 외쳤다.

"서, 설인……?"

"당장, 당장 문을 닫아야 해!"

다급하게 달려들려던 사람들이었지만, 나한석을 비롯한

플레이어들이 무기를 꺼내어 견제를 하니 섣불리 접근할 수는 없었다.

적어도 이들은 레벨만 190으로 맞춰진 최강의 전사들.

무시할 수는 없을 것이다.

"강서준 씨! 이대로면 시후가!"

"여길 부탁할게요!"

가볍게 혀를 찬 강서준은 다시 문턱을 넘어, 눈 폭풍이 휘몰아치는 장소로 달려갔다.

김시후를 붙잡은 설인은 포효하며 그 존재감을 드러내고 있었다.

'저놈은 실체가 아니야. 물리 공격은 통하지 않아.'

일련의 정보로 파악한 설인은 처치하기 어려운 몬스터는 아니었다. 안 그래도 새로운 스킬을 한 번 써 봐야지, 했는데 이참에 활용해 보면 좋을 것이다.

원래 연습은 실전에서 하는 거니까.

[스킬, '분신(S)'을 발동합니다.]

달려가는 중에 강서준의 몸이 두 개로 나뉘었다.

옷차림까지 똑같은 둘의 강서준은 동시에 공중으로 뛰었다.

기합과 함께 오른쪽에 있던 분신은 주먹에서 불꽃을 화르

륵 태워 올렸다.

['분신'이 조합 스킬, '파이어 익스플로젼(F)'을 발동합니다.]

원했던 대로 스킬을 고스란히 발동한 분신은 허공에 있는 설인을 그대로 강력하게 두드려 팼다.

불꽃이 가미된 주먹에서 생겨난 거대한 폭발!

설인의 위세가 살짝 줄었고, 그 틈을 노린 강서준이 김시후를 놈의 손아귀에서 빼낼 수 있었다.

"케, 케이 님……?"

아직 얼떨떨한 안색의 김시후를 꽉 끌어안고, 다시 쇼핑센터로 향했다. 아직 문은 닫히지 않았다.

뒤쪽의 설인도 정신을 차리고, 다시 포효를 내지르며 쫓으려 했지만.

"네 상대는 나야."

파이어 익스플로젼을 터뜨린 분신이 다시 두 주먹에 불꽃을 휘감아, 정면으로 설인에게 대항했다.

잇따른 폭발!

분신은 죽음을 두려워하지 않았다. 마치 본인의 몸을 불사르듯 더욱 격렬하게 전투를 이었다.

강서준이 재차 쇼핑센터로 진입하는 그 순간까지도 분신의 몸에 붙은 불꽃은 꺼지질 않았다.

"⋯⋯크윽."

그렇게 쇼핑센터의 문이 닫히는 순간. 설인을 감당해 내던 분신은 결국 한 줌의 재처럼 흩날리고 있었다.

-우어어어어!

분한 듯한 설인의 외침을 뒤로하고, 문이 닫힌 쇼핑센터 내부는 고요한 적막이 감돌기 시작했다.

⬥

쿠웅!

예상치 못한 부작용이 있었다.

['분신'이 사망했습니다.]

['분신'의 대미지가 누적됩니다.]

콰지직!

분신을 해제한 것과 동시에 설인을 상대할 때에 다쳤던 모든 충격이 고스란히 본체에 전달된 것.

강서준은 아찔한 정신을 겨우 붙들었다. 온몸이 불타는 감각이 느껴지고 있었다.

'체력이 닳았군⋯⋯ 이거 조심해서 써야겠는데.'

분신이라기에 죽어도 괜찮을 줄 알았다. 하지만 분신이 소멸하는 것과 동시에, 분신의 기억과 통증이 고스란히 전달되는 특징이 있었다.

킬 스위치에 의해 완전히 지워졌던 바이러스들과는 경험이 달랐다.

'위험한 스킬이야.'

그렇게 호흡을 정돈하는 와중이었다.

적막이 감도는 실내.

약 10m의 거리를 두고 쇼핑센터 내의 사람들은 무기를 이쪽으로 겨누고 있었다.

문득 강서준은 깨달았다.

'여기만 얼지 않았군.'

문을 닫은 것만으로도 안쪽에 스며드는 냉기를 막을 수 있는 걸까.

'아니, 그보다 여긴 뜨겁기까지 해.'

류안을 발동해 보니 유난히 이곳엔 바깥과 상반되는 열기가 가득해 있었다. 도시가 통째로 얼어도 여기만 멀쩡한 데엔 그만한 이유가 있는 것이다.

강서준은 일단 앞으로 나서며 말했다.

"다들 진정하시죠. 우린 싸우려고 온 게 아닙니다."

"……그걸 어떻게 믿지?"

강서준은 일행을 돌아보며 무기부터 내리도록 했다. 이쪽에서 전투 의사가 없다는 걸 우선 밝히는 게 좋았다.

'물론 저들이 위협조차 안 되니 할 수 있는 짓이지만.'

말하자면 강서준의 일행은 최소 레벨이 190이라는 전무후무한 고렙 파티였다.

한눈에 봐도 그 실력을 구분할 수 있는 쇼핑센터의 사람들보다는 압도적으로 강했다.

'뭣보다 여긴 컴퍼니도 아닌 거 같고.'

순간적으로 영안을 발동시킨 강서준은 이들의 영혼이 '선령'이라는 것도 파악해 뒀다.

적어도 악행은 안 할 자들.

"잠시 눈 폭풍이 지나갈 동안만 머물게 해 주세요. 그것 말고는 아무것도 바라지 않겠습니다."

무기를 겨누고 화살부터 쏜 건 아무래도 괘씸하다. 하지만 따지고 보면 이들의 입장을 이해하지 못할 바도 아니었다.

외부인은 이쪽이니까.

상대편 중 누군가가 말했다.

"우리가 판단할 문제가 아닙니다. 이곳은 오직 클라크 님의 명을 따르니까."

그리고 한쪽에서 '클라크'가 다가오고 있었다.

멋스러운 중절모에, 두터운 가죽옷. 한눈에 봐도 중후한 카리스마가 느껴지는 중년의 남성.

강서준은 침음을 삼켰다.

"흐음……."

랭킹 12위, 천외천 클라크.

모르는 사람이 봤다면 대번에 납득할 정도로 게임 속 이미지를 빼다 박은 생김새였다.

클라크라더니, 진짜 그 '클라크'가 현신한 느낌이다.

이게 어떻게 된 거지?

미간을 좁히며 더욱 자세히 살펴봤다.

'……다시 봐도 똑같네.'

절로 감탄이 나올 정도로 정성스러운 코스프레였다. 이 정도 싱크로율이면 최하나조차 인정하지 않을까.

당연하지만 눈앞의 사내는 진짜 클라크는 아니었다.

'그나저나 또 사칭이라고?'

강서준은 약간 떨떠름한 표정을 지었다. 이놈의 게임은 뭐 틈만 나면 죄다 사칭질이다.

차라리 전작의 닉네임이 그대로 계승됐더라면 이런 일도 없었을 텐데.

전부 시스템, 관리자 탓이다. 젠장.

한편 강서준의 표정이 마음에 안 든 걸까. 클라크라 불리는 사내는 사납게 쌍심지를 켰다.

그의 시선은 강서준에게 향했다.

눈빛만 봐서는 금방 전투가 일어나도 이상하지 않을 것만 같았다.

그가 물었다.

"그쪽이 리더인가?"

세세하게 따지고 들어간다면 낙원에서부터 플레이어들을 다독여, 여기까지 이끈 건 '나한석'이었다.

하지만 누구도 그의 말에 반박하질 않았다. 당사자인 나한석과 강서준도 크게 신경 쓰지 않았다.

둘 다 권력욕은 없었으니까.

그보다 나한석은 눈앞의 클라크가 가짜라는 사실을 눈치채고 있는 듯했다.

'하기야 나 대위님은 서울에서 꽤 오래 플레이하다 유입된 케이스였지.'

게다가 김강렬 대위의 구출 작전에도 개입한 정보부 소속. 그라면 클라크가 누군지 모르는 게 더 이상할 것이다.

'가짜 클라크'는 여전히 살벌한 기세를 내뿜으며 말했다.

"일단 들어가지."

"……?"

"다들 정신 차려라. 손님맞이 준비부터 하고. 여기까지 살아서 찾아온 이들을 이대로 내칠 수는 없잖으냐."

생각보다 친절한 말투였다. 눈빛은 그를 죽일 듯이 살벌하게 쳐다보고 있으면서.

강서준은 그게 더 의심스러워서 미간을 좁혔다. 도통 눈앞의 사내의 진심을 알 수 없었다.

그는 일단 안쪽으로 강서준을 안내했다.

"따라와. 둘이 할 얘기가 있으니."

그렇게 강서준은 의심을 하면서도 일단 그 뒤를 따라가 보기로 했다.

어쨌든 눈 폭풍이 가시기 전엔 신세를 져야 할 곳. 싸우지 않을 방법이 있으면 더욱 좋을 것이다.

❦

얼어붙은 도시의 쇼핑센터.

신기할 정도로 천안에서도 이곳만은 얼지 않은 이유는 있었다.

아마 안쪽에서 느껴지는 이 뜨거운 열기 때문이겠지.

강서준은 갈수록 후끈해지는 공기에 류안을 발동시켰다.

'원인이 뭔지는 몰라도 C급의 눈 폭풍을 버텨 내는군. 흐음……'

강서준은 가짜 클라크의 뒤를 따라가면서, 찜질방을 연상케 하는 더위에 슬쩍 외투를 벗어 인벤토리에 넣었다.

땀이 날 정도였다.

그리고 머지않아 지하에 있는 작은 사무실로 들어갈 수 있었다.

확실해졌다.

이곳에 뭔가가 있다.

'여긴 덥다 못해 뜨거워. 대체 뭐지?'

한편, 들어서자마자 놀라운 일이 벌어졌는데…… 대뜸 가짜 클라크가 강서준을 향해 고개를 푹 숙인 것이다.

말투도 존대로 바뀌었다.

"부디 눈을 감아 주시길 바랍니다."

"……뭡니까?"

"당신도 알다시피 전 진짜가 아닙니다. 결코 최하나 님을 욕보일 생각은 없었어요. 믿어 주십시오."

그는 강서준을 슬쩍 올려다봤다.

"케이 님."

의외의 전개였다.

사칭범답게 뻔뻔한 태도로 클라크를 연기하며 그를 속이려 들 줄 알았더니만.

이렇게 고개부터 숙이고 들어올 줄이야.

강서준은 미간을 좁히며 물었다.

"내가 케이인 건 어떻게 알았죠?"

"……모르는 게 이상할 겁니다. 인터넷에 조금만 검색해도 나오니까."

"이곳의 사람들은 모르는 눈치던데요."

분명 이곳에 들어올 때만 해도 사람들은 그를 몹시 경계하는 눈치였다.

적어도 케이라면 그리 경계할 이유는 없었을 텐데.

다소 부끄럽지만 그의 업적을 떠올려 보면 꽤 영웅적인 면모가 많았다. 두려움의 대상은 아니었다.

'무엇보다 인터넷이 된다면 클라크의 정체가 밝혀져도 진즉에 밝혀졌어야지.'

케이의 얼굴이 인터넷에 나왔는데, 최하나의 얼굴이 가려졌을까?

세상이 이 꼴이 나기도 전부터 유명한 게 최하나. 그런 그녀가 클라크라는 건 단연 해외 토픽감. 포털 사이트의 메인을 장식해도 이상하지 않았다. 누구라도 앞다투어 그 정보부터 퍼다 날랐을 것이다.

"그야 이곳엔 아직 마력폰이 보급되진 않았거든요. 또한 인터넷을 이용하려면 천안의 외곽까지 이동해야 하다 보니……."

남자가 꺼낸 건 꽤 낡은 마력폰이었다. 일전에 최하나가 가지고 있었던, 업그레이드 이전의 구형 마력폰.

"듣기론 아직 마력폰의 보급도 경기권으로 한정됐다고 하더군요. 저도 우연히 구하게 된 물건입니다."

아무렴 천안은 보급이 늦을 수밖에 없다.

B급 던전의 등장.

그로 인한 지독한 기상 악화는 베테랑 플레이어라고 해도 쉽게 접근할 수 없게 만드는 환경이니까.

남자는 침을 꼴깍 삼키더니 말했다.

"……무엇보다 케이 님. 당신이 설인을 상대로 전투를 펼치는 걸 봤습니다. 그 괴물을 그리 간단하게 처치하고 멀쩡한 걸 봤는데 어찌 당신을 못 알아보겠습니까."

남자는 천천히 허리를 폈다. 여전히 카리스마가 넘치는 얼굴로 그는 꽤나 정중한 목소리를 냈다.

"제 본명은 '진혁수'라고 합니다. 케이 님도 알다시피 잠시 클라크 님의 이름을 빌리고 있죠. 부족하나마 이곳 '한세계 백화점'을 관리하고 있습니다."

이후로 듣기로는 그는 본래 이 근방에서 포장마차를 운영하는 일개 상인이었다고 한다.

새벽 6시.

남들보다 빨리 일과를 시작하던 그는 일터에서 바로 던전화에 휘말린 케이스란다.

그날부터 오늘까지.

이곳을 터전으로 삼아 죽을힘을 다해 살아온 것이다.

"지독한 나날이었죠. 굶주림과 싸우고 추위와 싸우고…… 때로는 인간과도 싸웠죠. 그리고."

과거를 회상하던 진혁수는 슬쩍 강서준의 눈치를 봤다.

구구절절한 사연이 결국 현 상황에 대한 그 어떤 설명도 될 수 없다는 걸 눈치챈 걸까.

그는 심호흡을 하더니 바로 본론으로 넘어갔다.

"사실 제겐 아픈 아들이 있어요. 그 아이를 위해서 어쩔 수 없이 클라크 님을 사칭한 겁니다."

"……자세히 말해 보세요."

"직접 보시는 게 이해하기에 좋을 겁니다. 이쪽으로 오시겠습니까?"

진혁수는 강서준을 데리고 사무실에서도 천막으로 가린 한쪽으로 향했다.

안 그래도 저 천막이 궁금하던 찰나였다. 사무실 한쪽에 왜 저런 걸 만들어 놨나 했는데.

'열기의 근원지로군. 이곳이 쇼핑센터를 얼지 않게 만든 원인이야.'

진혁수가 천막을 살짝 들추자 침대에 누워 고운 숨소리를 내는 한 아이를 볼 수 있었다.

고등학생쯤 되려나.

김시후나 지상수와 비슷한 연령으로 추정되는 소년.

[스킬, '류안(S)'을 발동합니다.]

'……과연.'

진혁수는 냉장고에서 얼음주머니를 꺼내어 아이의 이마에 새로 얹어 줬다.

치이이익.

올려놓자마자 녹아내린 얼음주머니는 금세 물주머니가 됐

다. 머지않아 끓을 기세였다.

진혁수는 얼음주머니로 잠시나마 식은 아이의 얼굴을 매만지더니 말한다.

"이름은 '진백호'라고 해요. 보다시피 그날 이후로 열병을 얻어 눈을 뜨지 못하고 있어요."

'열병'이라…….

강서준은 천천히 고개를 끄덕이며 진백호의 안색을 살폈다. 새빨간 홍시처럼 달아오른 열기는 수시로 아이의 생명을 갉아먹고 있었다.

'아이러니하지만 얼어붙은 도시라서 여태 살아 있는 거로군.'

아이의 뜨거운 얼굴을 쓰다듬던 진혁수는 입술을 잘근 깨물었다.

"케이 님은 아포칼립스 세계에서 가장 무서운 존재가 무언지 아십니까?"

그렇게 묻는 진혁수는 명확한 답을 알고 있는 듯했다. 강서준도 그가 할 말이 뭔지 대충 눈치챘다.

그가 말하는 게 '몬스터'는 아닐 것이다.

그는 단호했다.

"인간입니다."

인간.

아포칼립스 세계관에서 공교롭게도 인간이란 존재는 참으

로 이중적인 존재일 것이다.

'누구에겐 의지가 되는 동료지만, 또 누구에겐 몬스터보다 무서운 괴물이 될 거야.'

단순히 그리드 같은 걸 말하는 게 아니다.

'때로는 잔인할 정도로 이기적인 게 인간이니까.'

인간의 생존 본능은 가끔 상식을 벗어난다. 그런 것들이 극단적으로 발현되면 바로 '컴퍼니'가 되는 거고.

진혁수도 비슷한 상황을 겪은 게 분명했다. 인간으로부터 뒤통수를 맞고, 또한 위기를 넘겼을 것이다.

몬스터보다 더한 인간들을 만나서…….

'그토록 외부인을 경계하는 이유는 이 때문인가.'

어쩌면 당연한 일이다.

이곳의 상황은 아크와는 하늘과 땅 차이로 다르다.

아크엔 국회의원인 '박명석'과 천외천 '링링'에 의해 내실이 꽤 단단히 잡힌 구조였다.

죄를 지으면 죗값을 치르게 할 공권력이 살아 있었다.

예전만큼은 아닐 테지만, 아크는 명실상부 대한민국의 마지막 정부나 다름없었다.

'그러고 보면 오대수 형사님이 전직 경찰의 노하우로 플레이어 중심의 경찰 조직을 개편하겠다고도 했었는데…….'

지금쯤이면 꽤 탄탄하게 만들어졌을 것이다.

'하지만 여긴.'

이곳에 들어오기 직전에 봤듯 이 근방은 B급 던전에 의해 완전히 점령된 상태였다.

살아남는 게 용하다.

그런 곳에서 '아크' 같은 단체를 꾸미고 범죄를 막을 공권력을 세울 수 있었을까.

과연 누군가를 돕기 위해 본인을 희생한다는 게 가당키나 할까.

하루 살아남는 것도 벅찬 일인데…….

강서준은 진혁수를 이해할 수 있었다.

"선택지가 없었어요. 천외천의 이름을 빌려서라도 인간들의 위에 군림해야만 했어요."

더군다나 진혁수에게 천안은 더더욱 살아남기 힘든 곳이었을 터였다.

열병을 앓는 아들, 진백호.

그 때문에 이 도시를 벗어날 수도 없었거니와, 아이러니하지만 열병은 이 도시에서만큼은 무엇보다 특별했기 때문이다.

누구나 진백호를 탐했고.

누구나 위험한 존재가 될 수 있었다.

강서준은 나지막이 침을 삼켰다. 그 침묵이 불안했을까. 진혁수는 강서준의 손을 덥석 잡았다.

"언젠가 진실은 밝힐 겁니다만, 아직 저는 클라크 님의 이

름을 버릴 수 없어요. 허락해 주세요. 좀 더 이름을 빌리고
싶어요."

"제가 허락하고 말 문제가 아닙니다."

"부탁드립니다. 부디 오늘만이라도 진실을 감춰 주세요."

병든 아들을 지키기 위해 천외천을 연기하는 애달픈 아버
지라…….

아버지에 대한 기억이 많이 없는 강서준이라 해도 부정을
모르는 건 아니었다.

꽤 안타까운 사연이었다.

가능하면 지켜 주고 싶을 정도로.

'하지만…….'

잠시 말이 없던 강서준은 진혁수의 눈을 똑바로 바라봤
다.

"글쎄요. 그게 중요한 게 아닐 겁니다."

"네?"

"어떻게든 아들을 지키고자 해 온 진혁수 씨의 노력은 대
단해요. 천외천 행세로 여태껏 살아남은 것도 놀랍고요."

진심이었다.

가짜 행세도 한계가 있는 법인데.

이만한 단체를 꾸리고 여태 잘 살아남았다는 것만 봐도,
아직 그의 정체는 탄로 나질 않았다는 거니까.

이 짓도 아무나 하는 게 아니다.

"하지만 이대로면 진백호 씨는 머지않아 죽을지도 모릅니다."

강서준의 말에 진혁수는 공기 빠진 풍선 같은 소리를 냈다. 강서준은 여전히 펄펄 끓는 진백호의 얼굴을 살펴봤다.

한눈에 봐도 통증은 심했고, 곧 죽어도 이상하지 않을 안색.

'열병이라…….'

정확한 명칭은 그게 아닐 것이다. 강서준의 추측대로라면 이 병은 '던전병'과 마찬가지로 던전에서 파생된 병일지도 모르니까.

혹은 '섭종 보상'에서 비롯됐을지도 모른다.

강서준은 쓸쓸한 어조로 말했다.

"길어야 열흘. 진백호 씨는 열흘을 버티지 못하고 불에 타서 죽을 겁니다."

진혁수는 황당하다는 듯 말했다.

"잠깐만요. 그게 무슨 소립니까? 우리 백호가 죽는다뇨. ……농담이시죠?"

그 눈빛이 꽤나 강렬했지만 강서준의 태도는 단호하기만 했다.

"농담이면 좋겠습니다만, 사실입니다. 진백호 씨에게 남은 시간은 얼마 없어요."

애초에 이런 일로 농담을 하지도 않을뿐더러, 눈에 훤히

상위0.001%
랭커의 귀환

보이는 증상들을 무시할 수도 없었다.

열병.

아니, '정령병'에 걸린 사람은 특별한 조치를 취하지 못하면 결국 정령에게 잡아먹혀 죽으니까.

'불의 정령에 의해 내부에서부터 불타고 있는 진백호처럼.'

강서준은 한숨을 삼키며 진혁수를 바라봤다. 그는 아직 강서준의 말을 반신반의하는 눈치였다.

"진혁수 씨. 아드님께선 드림 사이드 1에서 어느 정도의 플레이를 했습니까?"

"네?"

"레벨이나 직업……. 뭐든 좋습니다. 혹시 기억하십니까?"

진혁수는 입술을 잘근 깨물었다. 푹 파인 미간의 주름만 봐도 그 대답을 알 수 있었다.

"제가 사는 게 워낙 바빠서…… 아들이 무얼 좋아했는지도 잘 몰랐습니다."

"그렇군요."

아쉽게도 정확한 정보는 얻을 수 없었지만 사실 강서준은 진혁수의 레벨을 얼추 예상할 수 있었다.

모르긴 몰라도 그는 고렙일 것이다.

'정령병은 오직 본인의 수준에 적당하지 못한 상급의 정령

을 끌어안으면서 생기는 증상이니까.'

그리고 진백호가 상급의 정령을 갖게 된 연유는 '섭종 보상' 말고는 없었다.

아무래도 C급의 눈 폭풍까지 버티는 정령을 오픈 초기에 던전이나 필드에서 구한다는 건 불가능하니까.

즉 정령병을 일으킬 법한 '불의 정령'을 섭종 보상으로 가져왔다는 건데…….

'하지만 이상해. 어째서 제한이 걸리질 않은 거지?'

자고로 섭종 보상은 수준에 맞게 제한이 걸려야 했다. 강서준이 지닌 숱한 무기나 스킬들이 아직도 잠겨 있질 않은가.

제아무리 수준 높은 정령이라고 해도 강서준이 가진 '봉인된 책'에 비해서는 대단하지 못할 텐데.

어째서 정령 하나를 막지 못한 걸까.

'흐음…… 설마.'

류안과 영안을 둘러 사용하며 진백호의 이모저모를 살피던 강서준은 한 가지를 추측해 볼 수 있었다.

그리고 어째서 아이크가 서울이 아닌 천안으로 이동시켰는지도 알 수 있었다.

'이 사람인 건가.'

지구에서 누구보다 중요하고 소중한 인물. 나아가 0115채널의 존폐를 걸 수 있는 유일무이한 사람.

'진백호는 이 세계의 주요 인물일지도.'

그런 추측을 할 수 있었다.

진백호가 지구의 주요 인물이란 증거는 더 있었다.

'어떻게 계속 정령을 유지할 수 있었을까. 마력량이 무한도 아닌데.'

사람에겐 누구나 한계가 있다.

마력량엔 분명한 총량이 있고, 그 내용이 빈다면 제아무리 강서준이라 해도 스킬을 쓸 수 없다.

해서 제아무리 정령병이라고 해도 마력이 다 떨어지면 정령은 제힘을 쓰질 못해야 정상이다.

그나마 정령병 환자들이 쉴 수 있을 때는 마력이 고갈됐을 때가 아니던가.

'한데 진백호는 기절한 동안에도 열기를 계속 생산하고 있어. C급 눈 폭풍을 버틸 만한 열기를 계속…….'

그 답은 류안으로 확인할 수 있었다.

[스킬, '류안(S)'을 발동합니다.]

금빛으로 물든 두 눈은 진백호의 전신을 살피다, 난생처음 보는 기괴한 증상을 발견할 수 있었다.

'마력이 고이질 않았어.'

본래 플레이어가 마력을 다루는 방법은 대기 중의 흐르는 MP를 충전해서 몸 안에 정착시켜 쓰는 것이다.

해서 마력 수치가 높을수록 더 많은 마력을 끌어당겨 내부에 저장할 수 있다.

그게 일반적인 상식.

'하지만 진백호의 몸엔 마력이 쌓이질 않아. 아예 쌓일 필요가 없는 거야.'

진백호의 몸으로 흘러 들어간 마력은 별다른 과정을 거치지도 않고 '열기'로 변환됐다.

물 흐르듯 자연스러웠다.

'저장'하고 '꺼내어 쓴다'는 개념이 아니라, 대기 중의 마나를 그대로 사용하고 있었다.

'잠깐…… 마력이 뭉친 곳도 있네.'

그곳에서 느껴지는 기이한 흐름의 정체는 '영안'을 써서 알 수 있었다.

바로 '불의 정령'이었다.

'……억눌려 있어.'

뜨거운 열기를 머금은 불의 정령이 '알 수 없는 힘'에 의해 묶여 움직이질 못하고 있었다.

단순한 시스템의 제약이 아니었다.

이게 섭종 보상의 제한이었다면, 아예 힘의 흐름 자체가 느껴져선 안 될 일이었다.

이건 그저 강제로 억눌린 것뿐이다.

'하지만 그 덕에 진백호가 여태 살아남은 거야. 거기에 천안의 눈 폭풍까지 겹쳐서 생존 기간이 대폭 늘어난 거고.'

모르긴 몰라도 당장 보이는 '정령'의 힘이라면, 일반인이 몸에 담은 순간 바로 불타 죽었어야 정상일 것이다.

또한 마력을 흡수한 것과 동시에 활용되는 특이한 신체 구조도 정령에겐 날개를 달아 준 거나 다름없었으니까.

만약.

저 '알 수 없는 힘'이 아니었다면?

진백호는 진즉에 죽었을 것이다.

해서 결론을 내릴 수 있었다.

'섭종 보상의 제한이 걸리지 않는 상급 정령을 억누르는 알 수 없는 힘. 그리고 마력을 자유자재로 사용하는 특이체질⋯⋯.'

이런 사람이 평범할 리가 없다.

설령 이자가 정말 주요 인물이 아닐지라도 여기서 죽어선 안 될 만한 인재였다.

'솔직히 무서운 재능이야.'

류안은 마력의 흐름만을 읽을 수 있기에 그 정체까지 완전히 파악하기엔 무리가 있다.

하지만 그 흐름의 양 정도는 안다.

당장 불의 정령으로부터 쏟아지는 강렬한 열기, 이를 억누르는 힘과 결국 억누르지 못해 쏟아져 나온 열기까지…….

그것만 보더라도 진백호의 몸에 들어간 정령의 수준을 알수 있었다.

'정령왕이야.'

하물며 마력을 무한대로 사용할 수 있는 특이 신체를 가진 자였다.

과연 그런 사람이 정령병을 고치고 제대로 능력을 활용할수 있게 된다면 어찌 될까.

과연 '불의 정령왕'을 다룬다면?

"그, 그럼…… 어떡하죠? 우리 백호를 살릴 방법은 없는 겁니까?"

황망하게 말을 더듬으며 입을 여는 진혁수를 향해 강서준은 최대한 침착한 어조로 답했다.

"진정해요. 방법은 있으니까."

"오오…….”

"네. 그 전에 우선 진백호 씨가 앓는 병의 정체부터 알려드릴게요."

강서준은 알고 있는 지식에 대해서 짤막하게 설명해 줬다. 이야기가 진행될수록 진혁수의 표정은 복잡하게 변해 갔다.

강서준은 단언했다.

"특수한 상황이 겹쳐서 진백호 씨의 생존 기간은 늘어났어요. 하지만 시간문제입니다. 불의 정령의 힘은 갈수록 강해지고 있으니까요.”

“그럼…….”

“방법은 하나입니다. 열기를 일으키는 원인인 ‘불의 정령’을 다스려야 해요.”

정령병의 결말이 정령에게 잡아먹혀 죽는 것이라면, 그전에 정령을 휘어잡으면 끝날 일이다.

애초에 이건 독이 아니다.

수준에 안 맞는 능력이 발현됐기 때문에 생겨난 병이지, 사실 이건 축복에 가까운 일이다.

‘다룰 수만 있으면 아마 이 게임의 흐름이 뒤바뀔 거야.’

진혁수는 여전히 수심이 가득한 얼굴로 물었다.

“하지만 백호는 하루에 눈을 뜨는 시간이 길어야 3시간도 안 됩니다. 어떻게 정령을 다스릴 힘을 얻죠?”

“조금 특별한 방법을 써야죠.”

“네?”

정령을 다스리는 방법은 크게 두 가지가 있다.

우선 레벨로 찍어 누르는 방법.

결국 정령보다 본인의 수준이 높아지면 제아무리 정령왕이라고 해도 굴복하는 게 정상이었다.

그게 게임의 진리니까.

하지만 지금처럼 레벨 업을 할 시간도 부족하고, 여건도 만족스럽지 못할 때엔 시도조차 못 할 것이다.

해서 강서준은 두 번째 방법을 떠올렸다.

"상성의 정령을 얻는 겁니다. 그것만으로도 급한 불은 끌 거예요."

'불의 정령'이 문제라면, '물의 정령'을 진백호의 몸에 안착시키면 된다.

서로 견제하느라 정작 진백호의 몸에는 신경도 쓰질 못하도록.

"하지만 물의 정령을 어디서…… 아?"

"네. 비슷한 정령은 구할 수 있어요."

천안을 얼려 버린 게 누구던가.

던전 브레이크로 자연재해를 이끌어 내는 던전은 아무래도 그 던전이 가장 유력하다.

'정령의 던전.'

공교롭게도 천안에 발생한 던전은 '얼음의 정령'이 등장하는 B급 던전일 것이다.

그 시각.

"허억! 허억!"

강서준이 진혁수를 독대할 즈음이었다. 천안역의 앞의 지하상가. 어둠을 가르고 숨 가쁘게 계단을 내려가는 한 사람이 있었다.

박일룡은 꽁꽁 막아 뒀던 문을 살짝 비집고 들어갔다.

"철수 형! 이것 좀 봐요!"

지하상가 한쪽에서 겨우 추위를 피해 옷가지를 잔뜩 뒤집어쓰고 버티던 일련의 플레이어들.

그중 김철수는 한달음에 달려오는 박일룡을 바라봤다.

그의 시선이 박일룡의 손에 쥐어진 스마트폰으로 향했다.

"뭐냐? 그건 어디서 났어?"

"우연히요. 그보다 그게 중요한 게 아니에요. 이것 좀 보세요."

게슴츠레한 눈으로 스마트폰을 내려다보던 김철수는 새삼스럽지만 그곳에 펼쳐진 화면을 보고 화들짝 놀랐다.

캡처 사진이었지만 분명 인터넷 창이었다.

날짜는 오늘.

"이거 진짜야?"

미간을 구기면서 김철수는 자신의 스마트폰을 꺼내어 봤다. 비싸게 산 폴더블폰이었지만, 이젠 전화도 인터넷도 안 되는 고물.

박일룡은 해맑게 웃으면서 말했다.

"최근에 서울 출신 플레이어를 사냥했었잖아요? 그때 놈들의 주머니에 있던 거예요. 아무리 충전해도 안 돼서 저도 고장 난 줄 알았는데."

박일룡은 침을 꼴깍 삼키더니 말했다.

"마력으로 움직이더라고요."

"……마력?"

"네. 무려 배터리가 마력이었어요!"

놀라운 얘기였다.

마력으로 구동하는 스마트폰이라니.

박일룡은 음흉하게 웃으며 말했다.

"것보다 철수 형. 중요한 건 이제부터예요. 제가 인터넷에서 뭘 봤는지 아세요?"

박일룡은 스크린샷으로 저장한 사진을 보여 줬다.

참으로 오랜만에 보는 초록색 창.

그곳엔 아리따운 여자의 프로필이 걸려 있었다. 김철수는 그녀를 바로 알아봤다.

"최하나?"

유명 아이돌 그룹 출신이자, 이젠 싱어송라이터로 더 유명한 뮤지션이 그녀였다.

애초에 그녈 모르는 게 간첩이지.

근데 느닷없이 연예인의 프로필을 보여 주는 저의가 뭘까.

김철수도 그녀의 팬이긴 했지만 이 타이밍에 호들갑을 떨일은 아니라고 생각했다.

"아이참…… 자세히 좀 봐요."

"뭔데?"

미간을 좁히며 최하나의 프로필을 살피던 김철수는 그녀의 이력 사항까지 볼 수 있었다.

그중 터무니없는 내역이 적혀 있었다.

드림 사이드 1의 랭킹 12위(클라크)

김철수는 침음을 삼키더니 물었다.

"이게 왜 여기에 적혀 있냐?"

"그러니까요. 진짜 이상하죠. 그죠?"

김철수는 천천히 고개를 끄덕였다. 그도 그럴 게, 그가 알고 있는 '클라크'와는 생김새부터 달랐기 때문이다.

"클라크 님은 남자잖아."

실물로 본 적은 몇 번 안 되지만 이곳 천안에서 거주하는 생존자 중 '클라크'를 모르는 자가 있을까.

어찌 모르겠는가.

그는 재난의 한가운데에서도 홀로 안전한 터전을 잡고 유유자적 살아가는 괴물.

괜히 밉보일까 종종 음식을 상납했던 적도 있다.

"조작?"

"설마요. 이 시국에 그런 쓸데없는 짓을 하겠어요?"

"……하지만 내가 본 게 있는데."

박일룡은 기다렸다는 듯 저장해 둔 영상을 재생했다. 세계는 이 모양이 됐는데도 어딘가에는 너튜버가 존재하는 걸까.

이름 모를 너튜버의 영상이었다.

"······달을 공략한다고? 하늘에 뜬 저 달?"

"네. 얼추 반년 전이래요."

꽤 편집에 공을 들였는지 가슴이 웅장해지는 BGM에 이어, 최하나의 전투씬이 보였다.

권총을 쥐고 자유자재로 사방을 누비면서 흡혈귀를 초토화시키는 영상.

영화가 따로 없었다.

김철수는 저도 모르게 감탄부터 내뱉었다.

"······진짜 잘 싸우네."

"그러니까요."

무엇보다 그녀의 권총이 낯익었다. 보면 볼수록 눈에 익은 그 물건은 쉽게 정체를 파악할 수 있었다.

'마탄의 리볼버.'

클라크의 전유물이자, 그를 대표하는 무기였다. 한때 수많은 권총 플레이어를 양산했던 원인이지 않은가.

김철수는 결론을 내릴 수 있었다.

"······그럼 이곳의 클라크는 누구야?"

"저도 그게 이상해요. 철수 형. 이거 자세히 알아봐야 하지 않겠어요?"

김철수는 지하상가에서 오들오들 떨고 있는 그의 부하들을 둘러봤다.

겨우 냉기만 막아 목숨만 부지할 수 있는 열악한 은신처.

최근엔 던전의 등급이 상승한 탓에 천안역에도 그 영향이 대단히 커지는 와중이었다.

"만약 클라크가 가짜라면……."

스윽 군침을 흘리던 김철수는 쇼핑센터를 떠올려 봤다.

천안에서도 유일하게 얼지 않는 건물.

그도 그곳을 탐내고 있었다.

'쇼핑센터를 먹을 수 있을지도.'

안전지대로 유명한 서울의 '아크'만큼은 아니더라도, 그만의 작은 유토피아는 꿈꿀 수 있었다.

막말로 따뜻하기만 하면 뭐가 두려울까.

"얘들아. 연장 챙겨라."

천안의 플레이어들이 하나둘 움직이고 있었다.

클라크

지구로의 복귀, 1일 차.

예상대로 도처에 깔린 문제는 많았고, 그중 강서준은 아무래도 가장 골치 아픈 문제를 직면할 수 있었다.

"솔직히 우리만으로 B급 던전을 공략한다는 건 무리예요. 제아무리 정령만 얻고 빠져나올 속셈이라고 해도 말이죠."

강서준의 레벨이 이전보다는 많이 올라갔다고는 하나, B급 던전을 자유롭게 활보할 정도는 아니다.

또한 낙원의 플레이어도 전력은 고작 레벨 190대.

기껏해야 C급 던전이 한계다.

'천안의 플레이어는 말할 것도 없어.'

이들은 몬스터 사냥으로 생존해 온 사람들이 아니었다. 그저 추위라는 재난을 견뎌 온 것이다.

정령이 생성해 낸 '설인'을 쓰러트린 적은 여태 손에 꼽고, 그들이 레벨 업을 할 기회도 대인전에 불과했다.

그들의 수준은 꽤 낮았다.

'추위 내성만 대단히 높아. 속 빈 강정이로군.'

해서 강서준은 플레이어들을 이끌고 천안의 외곽 지역까지 나온 상태였다.

듣기로는 경기권에 가까워질수록 마력폰의 신호는 강해지고, 외곽에선 서울과 연락도 가능하다고 들었으니까.

'아크와 연락만 할 수 있다면.'

그의 말을 따라 이곳으로 내려와 줄 강력한 플레이어들이 줄지어 나설 것이다.

못해도 최하나…… 나도석 정도 되는 플레이어들이 오면 B급 던전에서 정령을 구하는 건 일도 아니다.

'다들 얼마나 강해졌을까.'

또한 강서준이 드림 사이드 1에서 보낸 시간 동안, 그들의 수준이 얼마나 올라갔는지는 모르는 일.

진혁수에게 듣기론 현시점이 약 8월 정도였으니, 거의 반년 만의 복귀인 셈이다.

그 정도 시간이면 과연 레벨을 몇이나 올렸을지는 짐작도 안 된다.

'지금 내 레벨은 190.'

스텟을 전부 더해 봐야 얼추 272에 근접하는 그였다.

드림 사이드 1에서 겪은 시간에 비해서는 대단한 폭업이었지만, 지구에서의 흐른 시간으로 따진다면 큰 손해나 다름없었다.

'더 부지런히 움직여야지. 렙업만이 살길이다.'

그렇게 생각을 정리하던 중 그는 점점 얼음이 녹아 흥건한 외곽까지 도달할 수 있었다.

고속도로 한복판에 있는 휴게소였다.

"강서준 씨. 신호가 잡혀요."

"네."

머뭇거리지 않고 강서준은 연락처 중 가장 먼저 최하나에게 전화를 걸어 봤다.

ㅡ고객님이 전화를 받질 않아 음성 사서함으로 연결됩니다. 삐 소리 이후…….

무슨 일인지 연락은 닿질 않았다. 강서준은 가볍게 혀를 차면서 다음 연락처를 찾아봤다.

이번엔 바로 받았다.

ㅡ이제야 연락이 되네. 근데 왜 아직 천안에 있어?

"……뭐야. 나 천안에 있는지는 어떻게 알았어."

ㅡ어떻게 알긴. 지도에 뜨잖아.

오랜만의 전화였지만 링링은 별로 놀랍지도 않다는 듯 평온한 목소리로 응대하고 있었다.

그녀가 말하길, 이미 지상수에게 들어서 그의 생존과 위치는 전부 파악해 둔 상태란다.

강서준은 쓰게 웃었다.

"상수는 어때?"

―흐음. 문어발식으로 사업을 확장하다 몇 개 말아먹고, 한두 개쯤은 대박을 냈지.

"……."

―그나저나 왜 아직 천안이냐고. 서울에 안 올라와?

다시 생각하지만 떨어졌던 시간이 무색할 만큼 특별할 게 없는 반응이다.

하기야 그녀는 링링이다.

저 정도 반응이 어쩌면 그녀에겐 최대한의 환대일지도 모르겠다.

"일단 바로 돌아가긴 어렵게 됐어."

강서준은 잡념을 털어 내고 당장 그가 처한 상황부터 링링에게 전하기로 했다.

"그래서 지원 팀이 필요한데."

―B급 정령의 던전이라…… 넌 정말 늘 터무니없는 일에 휘말리는구나.

"뭐?"

―쯧. 구출 임무를 보냈더니 버그 공간에 갇혀 한 달을 썩질 않나. 달로 보냈더니 5개월을 넘도록 잠수를 타고 말이야.

링링의 푸념에 강서준은 입맛이 더욱 쓰게 변하는 걸 느꼈다. 그의 팔자가 더러운 건 N무 인생을 살아왔던 과거가 증명했다.

'게다가 아직 말 못 한 내용도 있지.'

모르긴 몰라도 드림 사이드 1에 다녀왔다는 말을 해 주면, 제아무리 이성으로 똘똘 뭉친 그녀라고 해도 깜짝 놀랄 수밖에 없을 것이다.

'긴 이야기는 나중에 하자. 지금은 급한 불부터 꺼야 하니까.'

강서준은 슬슬 수상쩍은 기류를 보이는 천안의 구름을 확인했다. 돌아가야 할 시간이었다.

"그래서 지원 팀을 보내 줄 거야 말 거야? 자세한 설명은 어렵지만 이거 사실 달 추락보다 중요하다?"

틀린 말이 아니다. 오히려 그때보다 이곳의 일이 더 위협적이다.

아직 추측이었지만 정말 그의 예상대로 '진백호'가 이 세계의 주요 인물이라면.

'세계의 멸망까지 열흘도 안 남았다는 거니까.'

잠시 전화기에서 멀어져 다른 사람과 대화를 나눈 링링은, 곧 강서준에게 긍정적인 답변을 보내왔다.

-지원 팀을 보낼게. 이참에 그곳에 고립된 사람들을 구조할 거야. 이 정도면 되겠지?

"그래 주면 나야 고맙지."

─어차피 슬슬 영역을 확장할 때도 됐어. 이제 지방 도시들도 하나씩 되찾아야지.

강서준은 고개를 끄덕이며 링링의 말에 공감했다.

무너진 일상은 되돌릴 수 없다.

하지만 다시 살아갈 터전은 되찾아야 한다.

링링은 한마디 말을 덧붙였다.

─근데 아직 클라크는 못 만났어?

"응? 최하나 씨?"

─응. 네 소식을 듣자마자 바로 김훈이랑 천안으로 내려갔는데.

"……아직 못 만났어."

발신음은 이어지지만 전화까지 이어지지 못했다. 혹시 전화를 안 받는 게 아니라…… 못 받는 거였나.

'이미 천안에 들어온 거라면?'

당연히 전화는 안 된다.

─근데 케이.

"응?"

─네가 알아야 할 게 있어.

그녀답지 않게 잠시 머뭇거리던 링링은 약간의 침묵 뒤에 조심스레 입을 열었다.

─클라크 말이야. 상태가 좀 안 좋아.

"……어디 아파?"

-아픈 건 아닌데. 흐음…….

이후로도 링링의 우려 섞인 목소리가 한참이나 이어졌다.

타아앙!

한 발의 총성이 울리고 누군가의 미간엔 구멍이 뚫렸다.

꽉 막힌 지하에 감도는 비릿한 피 냄새. 번쩍이는 불꽃과 외마디 비명도 내지르지 못한 채 픽픽 쓰러진 사람들만이 남은 곳이었다.

타아아앙!

어둠을 틈타 쏘아진 총알은 무정하게 사람들의 심장을 관통했다.

이미 지하에 남은 이들의 반절은 싸늘한 주검이 되어 널브러진 상태.

누군가 빌 듯이 말했다.

"사, 살려 주…….

타앙!

하지만 간곡한 부탁 따위는 안중에도 없다는 듯 여지없이 방아쇠는 당겨졌다.

"대, 대체 우리가 너한테 무슨 잘못을 했다고 이런 만행을!"

타아앙!

절규하듯 외치던 남자도 말을 잇질 못했다. 그렇게 사람들은 속수무책으로 목숨을 잃었다.

벌써 수차례 반복됐다.

전투는 너무나도 일방적이었다.

그때 생존자 중 한 명이 부들부들 떨면서 물었다.

"대체 원하는 게 뭐야!"

"……."

"원하는 게 있으면 뭔지 말을 하라고! 대체 우리한테 이러는 이유가 뭐냐고!"

그 말에 잠시 움직임을 멈췄던 침입자는 씨익 웃으면서 총구를 겨눴다. 발사된 총알이 또 다른 사람의 생을 끊는 건 금방이었다.

그녀가 말했다.

"얼마 전 서울의 플레이어를 죽였지?"

"그, 그건……."

"그게 이유야."

타아아앙!

몇 번이나 반복된 무자비한 학살의 끝엔 피로 물든 시체만이 남았다.

매캐한 연기를 뿜어내는 권총을 털면서 식힌 그녀는 나지막이 길게 한숨을 뱉어 냈다.

공간이 일렁이면서 옆으로 한 사내가 나타난 건 그때였다.

"최하나 씨. 먼저 가시면 어떡해요?"

"당신이 늦은 거죠."

"……화장실 다녀온다고 했잖아요."

"그야 당신 사정이고."

김훈은 낮게 한숨을 내뱉으며 주변을 둘러봤다. 단 한 명의 생존자도 보이질 않는 참혹한 풍경이었다.

"여기 뭡니까?"

"……악당들 소굴."

미간을 찌푸린 김훈은 시체들의 상태를 확인했다. 반항조차 못 하고 죽은 사람이 태반이었다.

"최하나 씨가 이유도 없이 이런 학살을 벌였을 리는 없겠죠. 그래요. 이번엔 또 무슨 이유죠?"

"으음…… 글쎄."

곰곰이 고민하던 그녀가 말했다.

"짜증 나서?"

"네?"

"그냥 죽였어요. 같잖은 것들이 나대는 게 꼴 보기 싫어서."

가만히 최하나를 바라보던 김훈은 알게 모르게 돋아나는 정체 모를 소름을 겨우 외면했다.

머릿속으로 오만 가지 말이 떠올랐지만 결국 김훈이 그녀에게 해 줄 말은 하나였다.

"……됐습니다. 그보다 강서준 씨를 찾았어요."

"응?"

"지상수의 말대로 강서준 씨는 정말 무사히 살아 돌아온 것 같아요. 수소문을 해 보니 정체 모를 사람들이 쇼핑센터로 향했다더군요."

최하나가 고개를 갸웃했다.

"쇼핑센터?"

"네. 천안역에서 약 20분 정도 걸어가면 나오는데요……."

"정말 쇼핑센터 맞아요?"

김훈은 최하나의 입꼬리가 실실 올라가는 걸 볼 수 있었다.

모골이 송연해졌다.

그간 함께해 온 세월로 판단하건대, 저 웃음은 확실히 불길한 징조가 맞았다.

최하나는 씨익 웃으면서 말했다.

"김훈 씨, 내가 재밌는 얘기를 들었어요."

"재밌는 얘기요?"

"네. 이곳 천안에 절 사칭하는 사람이 있다더라고요."

그렇게 말하는 최하나의 눈빛엔 서늘한 살기가 감돌았다.

"마침 쇼핑센터에 있다던데."

"공교롭군요."

"네. 흥미롭죠?"

그때 최하나는 빛살같이 움직이더니 권총을 한쪽 시체에 겨누었다. 그곳엔 알게 모르게 죽은 척을 하고 있던 사내가 있었다.

살살 고개를 가로젓는 남자.

"제, 제발 살려 줘⋯⋯."

최하나는 어깨를 으쓱했다.

"내가 널 살려야 하는 이유 말해 봐."

"그건⋯⋯."

"만약 반대 상황이었으면 넌 날 살렸어?"

총구는 정확하게 남자의 미간에 닿았다. 그의 눈동자가 공포에 젖어 들어갔지만 총구는 흔들림조차 없었다.

최하나가 싸늘하게 말했다.

"그게 네가 죽어야 하는 이유야."

이에 남자는 이를 악물고 몸을 일으켰다. 그 손엔 단검이 쥐어져 있었다.

"⋯⋯미친년이!"

타아앙!

얼굴에 뜨거운 피가 튀었지만 크게 개의치 않는 눈치였다.

무미건조한 눈으로 죽어 버린 남자를 내려다보던 최하나는 기지개를 켜며 자리에서 일어났다.

가만히 상황을 주시하던 김훈은 입술을 잘근 깨물더니 말했다.

"그냥 넘어가려 했는데요. 더는 못 참겠어요. 최하나 씨. 너무 손속이 잔인한 거 아닙니까?"

"뭘요?"

"만나는 사람 족족 죽이면 어떡해요. 이 사람들도 그래요. 꼭 죽여야만 했습니까?"

쌍심지를 켠 김훈의 말에 최하나는 미소를 머금을 뿐이다. 그리고 죽어 버린 남자의 머리를 발로 툭툭 건들면서 말했다.

"꼭 죽여야만 할 필요는 없죠."

"한데 왜……?"

최하나는 자신의 소매에 묻은 피를 슬쩍 혀로 핥았다. 마치 피를 즐기기라도 하듯 그녀는 씨익 웃으면서 말했다.

"살릴 이유도 없고요."

이에 김훈은 뭐라 답할 말이 떠오르지 않았다. 사실 어떤 답이 돌아올지는 이미 알고 있었으니까.

관자놀이를 꾹꾹 누르던 김훈은 권총을 갈무리하는 최하나를 향해 조심스레 물었다.

"쇼핑센터의 클라크는 어쩔 셈이죠?"

"응? 내 사칭범요?"

쇼핑센터엔 강서준이 있을 것이다.

정확한 정보는 아니었지만 그곳에 정말 강서준이 있다

면…… 아마 최하나는 다른 행보를 보일지도 모른다.

아무래도 최하나의 상태가 이상해진 건 '재앙의 유성'을 공략한 이후부터였으니까.

'강서준 씨의 앞이라면…….'

하지만 최하나는 계단에 쌓인 시체를 아무런 감정도 없이 지르밟고 올라갔다.

별 감흥도 없는 말투였다.

"글쎄요. 일단 미간에 총알부터 박고 시작하려고 했는데."

"……"

"그냥 팔다리를 자르고 시작할까요?"

다시금 소름을 느끼는 김훈은 뒤늦게 최하나의 뒤를 쫓아 지하상가를 벗어났다.

피로 물든 지하상가엔 사나운 바람만 일면서 죽은 시체 사이로 냉기가 스며들 뿐이었다.

그리고 한참 말이 없던 김훈은 주먹을 꽉 쥐고 다시 최하나에게 다가가고 있었다.

아무래도 이대론 안 될 것 같았다.

강서준을 마주하면 뭔가가 바뀔지도 모르지만.

아무래도 그녀의 싸늘한 뒷모습을 보고 있노라면 그저 위험하단 생각밖에 안 들었다.

'일단 최하나 씨에게 가짜 클라크에 대해서 납득을 시켜야…….'

하지만 그때.

콰아아아앙!

쇼핑센터 방향에서 커다란 폭발이 먼저 일어나고 있었다.

쾅! 콰앙!

고막을 강타하는 폭음. 부서질 듯이 흔들리는 철문.

뒤따라 다가오는 각종 마법들!

눈 폭풍이 끝나기 무섭게 쇼핑센터를 향해 시작된 공격이
었다.

갑작스러운 봉변을 당한 쇼핑센터의 주민들이었지만, 크
게 두려워하는 기색도 없이 저마다의 대화를 나누고 있었다.

"천안역의 철수파, 봉명역의 곽두파, 땡 마트 그룹까지 왔
네."

"겁도 없이 클라크 님에게 반기를 들다니…… 다들 목숨
아까운 줄 모르는 건가?"

"쯧. 신경 끄자고. 저러다 말겠지."

생존자 그룹의 영역 다툼은 으레 벌어지던 일이다. 특히 천
안에서 유일하게 따뜻한 이 근방은 누가 봐도 노른자위 땅.

그간 '클라크'의 거주 소식에 의해 쉽게 이곳을 노리질 못
했을 뿐이니까.

콰아아아아앙!

하지만 상황은 그들의 예상대로 흘러가질 않았다. 철문을
두드리는 스킬의 위력은 줄어들기보다 더욱 강해졌고.

철문의 경첩마저 떨어져 나갔다.

"가짜 클라크! 나와!"

"노른자위 땅을 네놈 혼자 독차지하겠다고?"

"웃기지 마! 나와 이 새끼야!"

한편 진혁수는 바깥에서 들려오는 소음을 들으며 나지막이 침음을 삼키고 있었다.

아무래도 상황은 심각한 듯했다.

'저토록 확신을 갖고 몰려왔다면 결국 전부 들통났다고 볼 수밖에 없겠군.'

사실 진혁수도 이런 날이 올 줄은 예상하고 있었다.

슬슬 마력폰의 보급 범위가 넓어지고, 천안의 외곽으로만 나가도 통신은 연결되고 있었으니까.

'그나마 쇼핑센터의 주민들은 외곽까지 나가는 일이 드물어서 알아낼 방도가 없었지만…….'

외곽을 주 활동 범위로 넣고 있는 다른 생존자 그룹은 진즉에 알아냈어도 이상하지 않았다.

즉 모두 까발려진 것이다.

'진즉에 주거지를 던전 근처로 옮겼어야 했나…….'

아무래도 B급 던전에 가까울수록 진백호의 병증은 나아지기 마련이었다.

하지만 섣불리 쇼핑센터를 포기하고 던전의 근처로 가기엔 감당해야 할 리스크가 상당했다.

도처에 깔린 생존자 그룹은 물론이거니와, 던전 인근의 생태계는 모조리 파괴되어 그들이 먹을 만한 식량을 구할 수 없었다.

"여태껏 날 엿 먹였겠다!"

"나와! 정정당당하게 싸우라고!"

한편 외부에서의 공격은 도통 물러날 기미도 없이 더욱 거세지기만 하니 주민들도 뭔가 이상하다고 깨닫는 눈치였다.

가짜 클라크니, 짝퉁이라느니, 뭐 그런 말이 심심치 않게 들려오곤 했으니까.

또한 의문도 있었다.

'왜 가만히 계시지?'

어째서 이런 상황에서도 클라크는 찍소리도 내질 않는가. 왜 저런 개소리를 지껄이도록 내버려 두는가.

주민들 사이로 혹시 모를 불안감이 폭증했고, 의혹은 눈덩이처럼 불어났다.

그리고.

"클라크 님?"

진혁수는 철문을 뒤로하고 쇼핑센터 내부의 플레이어들에게 고개를 푹 숙였다.

할 말이 있었기 때문이다.

'어차피 밝혀진 거라면 적들에게 듣는 것보단 내가 먼저 알려야 해.'

그게 늘 동료를 속여 왔던 진혁수의 각오였고, 해서 언젠가 다가올 오늘을 대비해서 마음의 준비도 늘 해 두고 있었다.

망설임은 없었다.

진혁수는 진실을 밝히기로 했다.

"다들 여태 속여 와서 미안합니다."

"네?"

"사실 전 클라크도 아니고, 여러분이 생각하는 랭커도 아닙니다."

두서없는 고백에 쇼핑센터의 주민들은 그저 당황스러울 따름이었다. 그들은 황망한 눈으로 진혁수를 바라봤다.

"······장난하지 마세요. 이 상황에 농담이 나오십니까?"

"맞습니다. 클라크 님. 재미없어요."

하지만 숙여진 고개는 다시 올라가질 않았고, 그는 같은 말만 되풀이할 뿐이었다.

"미안합니다."

"미안하다뇨······ 왜 사과를 해요?"

더는 말이 없는 진혁수와 믿을 수 없다는 듯 당황하는 주민들 사이에 흐르는 어색한 기류.

그리고 그 흐름의 끝엔 '절망'이 자라났다.

"클라크 님이 클라크 님이 아니면, 그럼 우린 어떡해?"

"······끝이야. 다 끝이라고."

"진짜 죽는 거야?"

아무래도 여태 그들이 이곳에서 살아남은 이유는 따뜻한 거점과 클라크라는 든든한 뒷배 덕분이었다.

어째서 눈 폭풍이 휘몰아치는 천안에서 빠져나가질 않고 이곳을 거점으로 삼았겠는가.

몬스터보다는 자연재해를 피하는 게 낫고, 자유로운 것보다 평생을 쇼핑센터에 갇혀 사는 게 낫기 때문이다.

그들은 생존에서 도태된 자들이었다.

물론 모두가 그런 건 아니었다.

"클라크 님. 당신이 누구든 사실 중요한 게 아닙니다. 결국 여태껏 우리가 살아남은 건 당신 덕이니까."

"병수 씨……."

"그러니 이번에도 도와주세요. 대책은 있겠죠?"

진혁수는 그를 바라보는 애처로운 시선들을 마주했다.

정체가 모조리 까발려진 마당에 과연 그가 할 수 있는 건 무엇이 있을까.

쿠우우웅!

그때 대단한 폭음과 함께 여태 그들을 지켜 주던 단단한 철문마저 아스라졌다.

한눈에 보이는 바깥 풍경.

그곳엔 수많은 플레이어가 쇼핑센터를 둘러싸고 무기를 꺼내어 경계를 하고 있었다.

그리고 알 수 있었다.

'더는 가면을 쓸 필요도 없었을지도.'

그곳에 선 한 남자의 뒷모습.

진혁수는 쓰게 웃으면서 말했다.

"대책이라 할 건 없습니다. 다만 여러분이 여전히 안전하다는 걸 보장할 순 있어요."

진혁수가 쓰고 있던 '클라크'라는 가면은 거짓에 불과했지만, 눈앞에 있는 저 남자는 그게 아니었다.

진짜 랭커.

그것도 랭킹 1위에 다다른 천외천의 정점에 선 사람이니까.

'케이.'

강서준의 앞으로 푸른빛이 감돌기 시작한 건 그때였다.

강서준은 천천히 재앙의 유성검을 사람들에게 겨눴다. 뒤편에서 쇼핑센터의 사람들이 던지는 뜨거운 시선이 느껴졌다.

'이렇게 빨리 진혁수 씨의 정체가 밝혀질 줄이야.'

하지만 쇼핑센터에 대한 걱정은 생각보다 크질 않았다.

아무리 생각해도 그들이 여태 살아남은 이유가 고작 클라크를 사칭했기 때문만은 아닐 테니까.

'아마 반발은 있겠지. 하지만 그조차 오래가진 않을 거야.'

강서준이 본 쇼핑센터의 분위기는 꽤 괜찮았다. 천안이란 도시가 통째로 얼어붙었지만 그들은 꽤 끈끈하게 뭉쳐 있었다.

무법천지와도 같은 아포칼립스 세계관에서 인간성을 유지한다는 것.

그걸 클라크라는 가짜 이름만으로 해낼 수 있을까.

'진혁수 씨는 리더의 자질이 있어. 클라크의 이름을 빌려 쓴 것과는 별개지.'

막말로 여태껏 별문제 없이 한 무리를 이끌어 온 것만 해도 그의 능력은 검증된다.

이 게임이 고작 사칭 한 번 했다고 나머지 일까지 술술 풀려 나가는 쉬운 게임은 아니다.

강서준은 진혁수를 인정할 수 있었다.

'게다가 비록 사칭이라고 해도 근 1년을 전부 속여 왔어. 그것만 해도 놀라운 일이야.'

들키면 끝인 거짓말을 여태 안 들키고 교섭 카드로 활용해 왔다.

진정한 강자는 싸우지도 않고 이기는 자라고 하던가.

진혁수는 '전투'가 아니라, '협상' 쪽에서의 고인물이다.

'외교 스킬이 A급이랬지 아마.'

문득 진혁수가 링링이나 박명석을 만났을 때의 시너지를

떠올릴 수 있었다. 그 외교 스킬이면 생각보다 쓰일 곳이 많을 것이다.

그렇게 생각을 정리할 즈음.

천안의 다른 플레이어들의 눈에 밟혔다.

"네놈은 누구냐?"

"응?"

"누군데 우리 일을 방해하는 거지?"

사실 종전부터 그를 향한 무지막지한 폭격이 이어지고 있었다.

하지만 그 어느 스킬도 강서준에겐 일말의 영향도 주질 못할 뿐이다.

그들의 스킬은 강서준의 도깨비 갑주를 뚫을 수 없었으니까.

'수치로 드러나는 변화는 아니지만…… 드림 사이드 1에 다녀오면서 영혼을 다루는 게 더 쉬워진 것 같은데.'

실제로 영혼들이 그의 말을 더욱 잘 따르는 게 느껴졌다. 약간의 반발도 종종 있었던 과거와는 달랐다.

그뿐일까.

"왕이시여. 명령을."

"……오가닉. 갑자기 변하면 죽는다던데. 답지않게 왜 그리 갑자기 저자세야?"

"아닙니다. 여태까지의 무례를 용서하십시오."

오가닉이 진심으로 그에게 머리를 숙이며 충성을 맹세했다. 그 옆에서 그럴 줄 알았다는 듯 흡족하게 바라보는 라이칸은 덤.

이걸 보고 이루리가 뭐라 했더라.

'내 영혼의 격이 높아졌댔지.'

수만 개의 영혼을 다룰 수 있던 마력은 관리자에 의해 지워졌지만 그 경험이 어딜 가진 않는다.

'그 탓인지 결속력도 더 단단해지고.'

전과 같은 기술을 쓰더라도 내구성이나 공격력, 방어력까지 모두 한층 고강해진 느낌이었다.

이젠 완전한 충성을 바치는 오가닉부터 이미 충성을 외치던 두 백귀들이 강서준을 바라봤다.

"명을 내려 주십시오."

강서준은 상념을 접고 천천히 걸음을 옮겼다. 천안의 플레이어들의 공격은 여전히 쏟아졌지만 소용은 없었다.

그의 갑주는 단단하게 응집하여 씨알도 박히질 않았다.

강서준은 백귀들에게 명을 내렸다.

"죽이진 말고 가능한 한 압도적으로 제압해. 다들 자신 있지?"

"물론입니다!"

"명을 따릅니다!"

"푸르르르!"

백귀들이 분기탱천하여 사방으로 달려 나간 건 그때였다.

걱정은 없었다.

이 주변을 공격한 집단은 크게 세 무리. 천안역과 봉명역, 땡 마트에서 온 그룹원들.

레벨은 대략 150 전후였다.

백귀들의 수준엔 한참 못 미친다.

'그나저나 꽤 답답했던 모양이네.'

강서준은 백귀들의 플레이어들을 향한 드잡이를 보면서 시원스러운 속내를 읽을 수 있었다.

드림 사이드 1의 세계에선 감투 속에 꼭꼭 숨어 지냈던 날들이 스트레스가 된 모양이다.

'어쩌겠어. 백귀들에겐 너무 위험한 세상이었으니.'

강서준이야 케이의 능력치를 각성해서 밸런스가 맞았지만 이들은 아니었다.

백신의 눈먼 공격에 맞아 소멸하면 되살릴 방법도 없다. 그러니 감투 속에서 기나긴 대기 명령만을 따라야 했다.

콰앙! 콰아앙!

어쨌든 백귀가 본격적으로 활약하자 천안의 플레이어들이 속수무책으로 뒤로 물러났다.

소수가 다수를 몰아내는 형국.

어쩌면 당연한 일이다.

'C급 던전 보스급인 오가닉과 엘리트 보스 출신인 로켓. D

급 보스인 라이칸까지…….'

그들의 파상공격은 고작 150 전후의 플레이어들이 감당해 낼 수준은 아니었다.

이번에 영혼의 격이 높아지면서 백귀들의 공격력도 크게 상향됐으니 말 다 했다.

"뭐, 뭐야…… 이 괴물들은!"

"이런 얘기는 없었잖아?"

"으아아악!"

강서준은 슬슬 몸을 풀면서 상황을 정리하고자 했다.

적들의 공격은 단 한 번도 피하질 않았고 모두 가만히 서서 버텨 냈으니, 백귀와 더불어 압도적인 힘마저 증명됐을 것이다.

이쯤이면 알겠지.

'클라크'는 없어도 그에 준하는 플레이어는 존재한다는 걸.

해서 함부로 덤벼선 안 된다는 점.

'못해도 아크 측 플레이어들이 합류할 때까지만이라도 이 구도가 유지되어야 해.'

강서준이 애써 나선 이유였다.

아크의 플레이어들이 도착하기 전에는 우선 B급 던전에 대한 정보를 수집할 시간이 필요했다.

귀찮게 적들이 들러붙으면 안 될 일.

강서준은 재앙의 유성검에 마력을 불어 넣고, 가능한 한 화려하게 도깨비불을 불태웠다.

어느덧 그의 곁으로 돌아온 백귀들이 부복하고, 천안의 플레이어들은 황망한 눈을 떴다.

강서준이 물었다.

"더 할 겁니까?"

이미 다른 그룹의 플레이어들의 사기는 꺾일 대로 꺾였다.

다들 대답은 없었지만 그 생각은 여실히 전달됐다.

하기야 클라크만으로도 여태껏 이 주변에 머물기만 하던 자들이었다.

유사시엔 클라크의 힘을 빌리고, 그게 아니면 언제든 쇼핑센터를 먹고자 했던 승냥이 떼들.

결국 맹수가 나타나면 꼬리를 말고 도망가야 할 것이다.

그래.

여기까지는 계획대로다.

"더 해도 될까요?"

문득 들려온 목소리.

얼어붙은 도로 위를 가로지르는 낭랑한 음성은 서늘하면서도 걷잡을 수 없는 살기가 담겨 있었다.

그리고 그 음색은 익숙했다.

강서준은 진심으로 당황하며 눈앞의 여자를 바라봤다.

"최하나 씨?"

"……많이 변했네요. 강서준 씨."

"네?"

"고작 사칭범 따위를 두둔하나요."

도통 따라갈 수 없는 흐름 속에서 강서준은 이를 악물고 몸을 움직여야만 했다.

상황이 어떻든 피하지 않으면 죽는다.

타앙!

찰나의 틈을 비집고 들어온 총알을 인식하며 강서준은 침음을 삼켜야만 했다.

'진짜 죽이려고 쐈어.'

최하나.

랭킹 12위의 천외천.

진짜 클라크와의 재회였다.

최하나.

드림 사이드 1의 랭킹 12위에 달하는 고레벨 플레이어 '천외천 클라크'의 진짜 주인.

약 5개월 만에 만난 그녀는 얼어붙은 천안의 풍경보다 더 서늘하고 시린 느낌이 들었다.

머리 스타일이 단발로 바뀐 탓일까.

그도 아니면 낯선 표정으로 살기를 흘리면서 이쪽을 노려

보고 있었기 때문일까.

많은 의문이 떠올랐지만 강서준은 그 모든 것을 제쳐 두고, 일단 매서운 총격부터 피해야 했다.

타아앙!

한 발의 총성.

비집고 들어온 마탄을 피하면서 일단 침음을 삼켰다. 당장 뭐가 어찌 됐는지는 몰라도 단 하나만은 확실한 것이다.

'피하지 않으면 죽는다.'

최하나는 진심으로 그를 죽일 속셈인지 방아쇠를 당기는 데 그 어떤 망설임도 없었다.

"최하나 씨!"

그의 부름에도 최하나는 묵묵히 권총을 장전했다. 이윽고 쏘아진 마탄은 매섭게 강서준을 향해 날아왔다.

스쳐 지나가는 몇 개의 마탄 때문에 심장이 떨렸다.

타앙! 타아앙! 탕!

문제는 역시 그녀의 실력.

천안의 플레이어들이 뭉쳐서 총을 쏘거나 화살을 쏴 대도 이런 위력은 나오지 않을 것이다.

그들과는 비교조차 안 될 공격들이다.

충분히 위협적이었다.

그의 아래에 있던 그녀의 실력은 단 5개월 만에 그의 목숨을 위협할 만한 수준으로 성장한 것이다.

도깨비 갑주로도 막기 버거웠다.

최하나는 곡탄과 폭마탄으로 구성된 마탄 폭격을 연신 발휘하더니, 길게 숨을 내뱉으며 그제야 입을 열었다.

"어째서 피하기만 하는 거죠?"

"……싸울 생각이 없으니까요. 그러는 최하나 씨는 어째서 절 공격하시는 겁니까?"

강서준의 질문에 최하나는 어깨를 으쓱이며 말했다.

"글쎄요. 저도 잘 모르겠어요."

"네?"

"그저 당신을 보고 있노라면 왠지 피가 끓어요. 가짜 클라크를 두둔하는 것도 마음에 안 들고…… 이유가 있다면 아마 그걸 겁니다."

그때부터 최하나는 내부에 어떤 스위치라도 올렸는지 더욱 강렬한 마력을 뿜어냈다.

번 블러드.

피를 불태워 신체 능력과 스킬 공격까지 강화하는 그녀의 전매특허 스킬이 극성으로 발휘된다는 증거였다.

즉, 그녀의 전투는 이제부터였다.

"이젠 전력을 다해야 할 겁니다. 이대로 죽으면 실망할 테니까."

"당신, 정말……."

강서준은 미간을 구기며 어렴풋이 '링링'이 그에게 했던 충고를 떠올릴 수 있었다.

그녀는 분명히 경고했다.

-안 좋은 의미로 상태가 이상하단 말이지. 이런 말하긴 뭣하지만 요즘 클라크를 보면…….

순간적으로 최하나가 눈앞에서 종적을 감췄다.

류안으로 그녀의 흐름을 확인하여 그 방향은 바로 알았지만, 찰나를 놓쳤다는 게 중요했다.

번 블러드를 발동한 최하나.

그녀는 순간이지만 강서준의 시야 밖으로 벗어날 수 있었다.

투타타탕!

사각을 노리고 짓쳐들어오는 마탄들.

강서준은 핏빛으로 물들어 더욱 파괴력과 속력이 대단해진 마탄을 피해 이리저리 몸을 움직였다.

또한 가만히 당하지만은 않았다.

최하나가 흘러갈 방향으로 미리 움직여, 그곳으로 재앙의 유성검을 찔러 넣기도 했으니까.

하지만.

"……!"

당연히 피하겠지, 푹 찔러 넣던 강서준은 몸을 움찔하며 단검의 궤도를 비틀어야 했다.

최하나의 허리춤의 옷깃만 살짝 베어 낸 단검. 그는 경악하며 최하나의 얼굴을 스치듯 바라봤다.

'피하질 않다니. 아니, 오히려 단검의 궤도로 뛰어들었어.'

그녀가 재앙의 유성검의 특징을 과연 모를까. 이 검은 피를 빨아 먹기에, 급소를 찌른다면 제아무리 그녀라 해도 꽤 치명적일 수 있다.

번 블러드까지 발동한 그녀였기에 피를 빼앗긴다는 건 그만한 리스크를 감당해야 하는 일.

한데 그녀는 그런 것 따위 전혀 신경조차 쓰질 않는다는 듯 제 몸을 검을 향해 내던진 것이다.

이유는 알 수 있었다.

검을 찔러 넣는 그 순간은 제아무리 강서준이라도 그녀의 공격을 피할 수 없을 테니까.

하지만 너무 무모한 계획이 아닌가.

최하나가 비웃으며 말했다.

"많이 무뎌졌군요. 강서준 씨, 그러다 당신…… 진짜 죽어요."

타아앙!

무리하게 공격을 뒤튼 대가는 컸다. 바로 근접한 거리에서 쏘아 낸 최하나의 마탄이 강서준의 허리를 관통하고 지나갔으니까.

역시 도깨비 갑주도 소용이 없다.

"크윽······!"

강서준은 침음을 삼키며 뒤로 훌쩍 물러났다. 통증에 움직일 때마다 숨이 턱 막히는 기분이 들었다.

[스킬, '초재생(F)'을 발동합니다.]

불현듯 링링의 말이 다시 스쳐 간다.

ㅡ······그래. 미친개 같아. 피에 미쳐서 살짝 맛이 간 것 같단 말이지. 뭐, 아직 그런 모습들이 일부만이 드러났으니 큰 문제는 아니지만, 조금 조심해야 할걸?

무엇이 큰 문제가 아니란 말인가.

강서준은 그의 허리에 총알을 박아 넣고 기뻐서 웃는 그녀를 보면서 절로 소름이 돋았다.

처음부터 이걸 노린 것이다.

그가 그녀를 진짜 공격하지 않을 거라는 사실을 알았고, 그래서 재앙의 유성검이 찔러 오는 각도로 일부러 몸을 던진 거겠지.

그 틈을 노리고 최하나의 공격은 성공적으로 적중했다.

'정상이 아니야.'

애초에 최하나가 인간을 상대로 싸우면서 저렇게 웃는 사람이었던가.

강서준이 기억하는 그녀는 단언컨대 그런 사람은 아니었다.

핏물이 입으로 울컥 올라온 걸까.

입맛이 꽤나 텁텁했다.

"대체 무슨 일이 있었던 겁니까."

호흡을 정돈한 강서준은 블러드 섹션을 발동시키기로 했다. 결국 당장 중요한 건 하나였다.

'적당히 해선 내가 당하겠어.'

게다가 아무리 생각해도 이 전투는 그에게 불리했다.

최하나는 그를 진심으로 죽일 듯이 공격하지만, 강서준은 그녀를 해할 생각이 단 하나도 없었다.

오해가 있으면 풀 것이다.

문제가 생겼다면 해결할 것이다.

강서준에게 있어 최하나는 그저 그런 옛 동료만이 아니었으니까.

'무슨 수를 써서라도 최하나를 제압해야 해.'

해서 최하나를 제압하기 위해 조금은 무리해서라도 큰 힘을 써야겠다는 결론이 나왔다.

충분히 가능한 얘기였다.

'최하나에겐 나한테 없는 5개월이 있지만, 나도 그녀에겐 없는 아이템이 있으니까.'

얼추 밸런스는 맞을 것이다.

[장비, '재앙의 허리벨트'에 보관했던 에너지를 사용합니다.]
[장비, '재앙의 유성검'의 수준이 일시적으로 조정됩니다.]

허리벨트로부터 피어오른 붉은 에너지가 그의 몸을 휘감더니, 재앙의 유성검의 새카만 검신까지 닿았다.

마치 그도 '번 블러드'를 발동한 듯했다.

아니, 그보다 더할 것이다.

일시적이지만 지금의 재앙의 유성검은 '신화급'의 성능을 보일 테니까.

'일단…….'

둘 사이에서 낮게 적막이 깔리고 충돌은 한순간에 이뤄졌다.

콰아아앙!

창졸간에 발사된 마탄은 수십 발에 달했다. 휘어지고 직선으로 다가오고, 때로는 폭발하기까지 하는 번거로운 공격들!

하지만 강서준은 그걸 모조리 류안으로 확인했다.

또한 총알들을 흘릴 생각도 없었다.

종전부터 쏘아진 최하나의 마탄은 쇼핑센터마저 뒤흔들

정도로 강력하기만 했으니까.

눈먼 공격에 애꿎은 사람까지 다치게 할 순 없다.

물론 그게 가능하니 하는 말이다.

쾅! 콰앙! 콰아앙! 쾅!

무식할 정도로 빠르게 움직여서 다가온 마탄을 모조리 베어 낼 수 있었다.

그것으로 만족하진 않았다.

순식간에 최하나의 지근거리에 접근한 강서준은 그녀를 향한 파상공격을 이어 나갔다.

치명타를 입히진 않을 것이다.

그의 공격은 오직 최하나를 무력화시키기 위함이니까.

검의 날이 서질 않은 곳으로 무수하게 최하나의 전신을 두드려 팼다.

일부러 관절, 손등 같은 곳만을 집요하게 노렸다.

"크윽……!"

아무래도 그 속도는 최하나보다 배는 빨랐고, 그 결과 그녀의 손에서 마탄의 리볼버를 떨어뜨리게 할 수 있었다.

바닥에 떨어진 그녀의 애총.

하지만 최하나는 그것만으로 굴복하진 않았다.

돌연 건틀렛에서 손톱을 길게 빼어내더니 날카롭게 휘둘러 오기 시작했으니까.

'이 또한 최하나의 스타일이 아니야.'

미간을 구기며 최하나의 공격을 모조리 피해 내고 다시 그녀를 향한 타격을 이어 나갔다.

순간적으로 활용할 수 있는 많은 스킬들을 일부러 무시하고 그녀의 관절만을 집요하게 노렸다.

막상 싸워 보니 이 정도도 충분했다.

역시 템빨은…… 무시 못 한다.

"흐읍……!"

슬슬 최하나의 체력이 떨어진 게 눈에 훤히 보였다. 번 블러드의 부작용. 빈혈이라도 생겼는지 안색은 썩 좋지 않았다.

"최하나 씨, 이제 그만해요. 더 했다간 진짜 위험합니다."

"……크으윽!"

"최하나 씨!"

이지를 상실했을까. 눈까지 빨갛게 물들인 그녀는 그저 손톱을 휘두를 뿐이다.

미간을 찌푸린 강서준이 가볍게 혀를 차면서 두 눈을 금빛으로 물들인 건 그때.

번 블러드가 꽤 소모된 지금이라면 공략할 만한 곳이 있다.

[스킬, '류안(S)'을 발동합니다.]

[스킬, '초상비(F)'를 발동합니다.]

한 끗 차이로 그녀의 공격을 피하고 그 뒤를 점했다.

빠르게 휘둘러진 그의 손.

정확하게 뒷목을 가격했고, 소량의 마력을 집중시켜 최하나의 기절을 유도했다.

그녀의 소모된 피의 양만큼이나 내구도가 떨어진 지금은, 결국 충격을 완화시킬 수 없으리라.

대미지는 고스란히 박혀 들어갔다.

쿠웅!

그리고 실이 끊어진 인형처럼 툭 쓰러지는 최하나. 그녀의 몸을 받아 든 강서준은 얕게 한숨을 뱉었다.

피를 많이 소모한 탓인지…….

종잇장처럼 가벼운 그녀였다.

"최하나 씨…….."

한편 인벤토리를 열어 HP포션을 꺼내려는 찰나, 그에게 다가온 남자가 있었다.

"……치료는 제가 하죠."

"김훈 씨?"

"오랜만입니다. 강서준 님. 이렇게 재회하게 된 건 몹시 유감스럽고요."

언제부터 있었는지 옆에 나타난 김훈은 쓰게 웃으면서, 최하나의 몸에 그의 스킬인 '특수 포션 치료'를 사용하기 시작했다.

혹시 이런 상황이 익숙한 걸까.

빠른 대처로 최하나의 혈색은 점차 안정됐다. 그녀는 고운 숨소리를 내며 완전히 잠들었다.

그녀를 치료한 김훈은 강서준을 보며 말했다.

"밀린 얘기가 많은 것 같네요."

"네. 아무래도요."

그러다 김훈은 뭔가를 떠올렸는지 인벤토리를 뒤적여 무언가를 꺼냈다.

폭죽이었다.

퍼엉!

"아, 그리고 복귀를 축하합니다. 한국에 돌아오신 걸 진심으로 환영해요."

"……아, 네."

상황은 그렇게 일단락됐다.

❖❖❖

이후로 쇼핑센터를 공격하던 플레이어 집단들이 일제히 도망치는 걸로 상황은 종료됐다.

막말로 강서준과 최하나의 전투를 목전에서 관람한 그들이었다.

그들의 전투 의지는 완전히 꺾였고.

감히 대적할 생각조차 못 한 그들은 각자의 영역으로 부랴 부랴 도망갈 수밖에 없었다.

아무렴 가짜 클라크가 무서워 여태 그러고 산 인간들이다. 당연한 결과였다.

그나저나 평화를 되찾은 쇼핑센터.

"정말 케이 님이십니까?"

"네."

"정말 최하나 님이 클라크 님이시고요."

"그렇죠."

쇼핑센터의 주민들은 반신반의했지만 결국 믿을 수밖에 없었다.

제아무리 진혁수에 의해 거짓된 클라크를 믿어 온 그들이 라 해도, 눈앞에서 펼쳐진 장면까지 의심할 순 없었다.

물론 진혁수가 진즉에 진실을 밝힌 점도 한몫했다.

"그 최하나가 클라크라니……."

"믿기질 않아요."

몇몇 젊은 층의 주민들은 여러 가지 의미로 놀라는 눈치였 지만…….

어쨌든 사람들의 반응을 뒤로하고 강서준은 아직 기절한 채로 고요하게 누워 있는 최하나를 내려다봤다.

고운 숨소리를 내면서 잠든 그녀는 예나 지금이나 인형처 럼 아름답기만 했다.

단발의 최하나.

한때 강서준이 참으로 좋아했던 스타일이었다. 문제가 있다면 만나자마자 총알을 박아 넣었다는 거겠지.

강서준은 김훈에게 물어볼 수 있었다.

"그래서 어떻게 된 거죠?"

"……말하자면 5개월 전이었나요. 최하나 님의 이변은 재앙의 유성을 완전히 공략한 이후부터였어요."

김훈은 회상하듯 입을 열었다.

인 투 더 드림

강서준이 달의 롤백과 함께 완전히 자취를 감추고 한 달.

유례없는 달 추락을 막기 위해 새로운 우주선을 모색하고, 연료를 수급하고, 알려진 정보를 바탕으로 던전 공략을 준비하면서 지나가 버린 시간.

강서준의 실종을 슬퍼할 겨를도 없었다.

매일이 타임 어택이었고.

실패하면 죽을 뿐인 나날이었다.

김훈은 쓰게 웃으며 말했다.

"이제 와서 하는 말이지만 어쩌면 그때가 더욱 좋았는지도 모르지만요."

아이러니하지만 몸이 힘들면 다른 생각은 안 드는 법이다.

또한 그때엔 어느 정도 강서준이 돌아올 거라 믿는 분위기였으니까.

그저 시간이 걸리는 거라고…….

로테월드 때처럼 오랜 시간을 필요로 한다고 믿을 뿐이다.

"하지만 롤백 된 달이 다시 나타나고, 달을 공략해서 완전히 재앙의 유성을 없앨 때에도 강서준 님은 돌아오지 않으셨죠."

그렇게 한 달, 두 달…… 긴 시간을 보내다 보니 사람들은 슬슬 강서준의 죽음을 받아들이기로 했다.

아무렴 살아 있다면 진즉에 나타났어야 하니까.

"강서준 님이 선택의 미로에서 보냈던 세 달이 지나고, 더 긴 네 달이 되어서야 인정하게 됐습니다. 당신은 결국 죽은 거라고."

최하나의 변화는 그때부터였다.

실연당한 사람처럼 돌연 머리를 단발로 자르더니, 마치 전투에 미친 사람처럼 밤낮을 잊고 던전으로 들어갔다.

"처음엔 다들 좋아했죠. 최하나 님의 활약으로 우리들의 사정은 점차 나아졌으니까."

링링이야 감성적인 변화를 쉽게 눈치채지 못할 것이다. 최하나의 노력으로 던전 공략 속도가 빨라졌다고 그저 기뻐했겠지.

의외로 사태의 이상한 점을 가장 먼저 깨달은 건 나도석이었다.

"같이 던전에 들어갔던 나도석 님이 최하나 님을 보고 '미친년' 같다고 말했어요."

그도 그럴 게, 그날 최하나는 한쪽 손목이 거의 잘려 나갈 정도로 부상을 입었다고 한다.

김훈은 그때를 회상하며 몸을 떨었다.

"최하나 님은 그저 웃었답니다. 금방이라도 죽을 것 같은 얼굴로 피를 철철 흘리면서…… 몬스터를 죽였다는 것만으로 기뻐서 웃고 있었답니다."

그제야 사태의 심각성을 알아차린 사람들이었지만, 이미 최하나의 정신 상태는 피폐해질 대로 피폐해진 뒤였다.

소 잃고 외양간을 고친들 집 나간 소가 돌아오진 않는 법.

결국 최하나의 상태를 인정하고 그 이후부터는 가능한 최하나의 던전 공략을 제한해 왔다.

김훈은 고개를 푹 숙이며 말했다.

"죄송합니다. 제가 좀 더 일찍 알아차렸으면 이런 일은 없었을 텐데요……."

"아닙니다. 누구의 잘못이 있겠습니까."

금방이라도 멸망할 것만 같은 세계에서 다른 사람을 챙긴다는 건 쉬운 일이 아니다.

해서 다들 최하나가 괜찮은 줄 알았겠지.

그녀는 자기보다 다른 사람을 먼저 생각하고, 위로하는 노래를 불렀으며, 누구보다 심지가 굳은 사람이었으니까.

강서준조차 그녀를 의지했으니까.

'내 잘못도 있어. 나도 좀 더 확실히 언질을 줬어야 했어.'

강서준은 과거에 했던 선택에 대한 후회를 떠올렸다.

만약 최하나에게 그때의 모든 걸 솔직하게 털어놨으면 달랐을까.

반드시 돌아올 거라고.

어떻게든 살아서 돌아올 거라고 약속했다면, 그녀는 이렇게 무너지지 않았을지도 모른다.

동료의 죽음이 원인일 수도 있으니까.

그는 가볍게 혀를 찼다.

'부질없군.'

이미 지나간 과거를 돌이킨들 변해 버린 현재는 바뀌지 않는다.

당장 그에게 중요한 건 이제 앞으로 어떻게 하냐는 것이다.

'얘기를 들어 보면 기묘한 게 있어.'

강서준이 이상하게 생각하는 건 최하나의 변화 시점이 너무 확고하게 정해져 있다는 점이다.

그게 가당키나 할까.

사람이 어떤 충격을 받았고, 그걸 받아들이는 과정은 누구에게나 티가 나는 법인데.

그걸 나도석이 알아차릴 때까지 몰랐다. 그렇다면 눈치 빠른 지상수나 오대수는 그간 무얼 했을까.

강서준은 한 가지 가설을 세워 봤다.

'만약 하루아침에 바뀐 거라면?'

최하나가 강서준의 실종에도 멘탈이 무너진 게 아니었다면 과연 이야기는 어떻게 될까.

'확인해 볼 필요가 있어.'

강서준은 나지막이 '영안'을 발동시켜 최하나를 내려다봤다.

자고로 영혼은 기억의 덩어리였다.

그녀에게 무슨 일이 생겼다면 영혼에 어떠한 흔적이 남기 마련이었다.

막말로 정말 그녀가 그날을 기점으로 미쳐 버렸고, 때문에 악행과도 비슷한 짓을 일삼았다면.

영혼은 색깔부터 변한다.

'으응…… 잠깐. 이것 봐라?'

미간을 좁혀 최하나의 영혼을 들여다보던 강서준은 그곳에 선명하게 도드라진 '흔적'을 발견할 수 있었다.

⊰⊱

잠시 후, 강서준은 일행을 한데 모아 심각한 분위기를 조성했다.

대뜸 그가 꺼낸 말은 하나였다.

"해킹입니다."

"네? 갑자기 그게 무슨……."

"아무래도 최하나 씨의 기억이 해킹당한 것 같아요."

그 말이 너무 터무니없었을까.

사람들이 벙 찐 얼굴로 강서준을 바라만 봤다. 그나마 상황 판단이 빠른 나한석이 강서준의 의도를 파악하고 되물었다.

"설마 최하나 씨가 누군가에게 정신 조작 같은 걸 당했다는 얘기입니까?"

"네. 그게 제가 내린 결론입니다."

최하나 같은 강자가 정신 조작을 당했다는 건 다시 생각해도 믿기 어려운 일이다.

하지만 그의 눈에 보인 진실을 외면할 수는 없는 법.

강서준은 최하나의 영혼에 선명하게 새겨진 흔적을 회상하며 사람들을 돌아봤다.

김훈이 진중한 얼굴로 물었다.

"고칠 방법은 있습니까?"

"네. 조금 시간은 필요하겠지만."

다행히 원인을 알았으니 해결하면 될 일이었다. 강서준은 인벤토리에 고이 간직하던 하나의 아이템을 떠올렸다.

아이크가 준 '봉인된 펜'.

"계획은 간단합니다. 최하나 씨의 기억으로 들어가 조작당한 부위를 직접 찾아낼 겁니다."

"……기억으로 들어간다고요?"

"네. 표면적으로 드러나진 않았을 겁니다. 잠재 기억까지 전부 찾아봐야 해요."

그때 김훈이 미간을 구기며 물었다.

"잠깐만요. 기억으로 들어간다니요. 그게 정녕 가능한 얘기입니까?"

"네. 이론상 충분히요."

뒤이어 강서준은 인벤토리에서 '봉인된 책'과 '봉인된 펜'을 꺼내었다. 그를 의문스럽게 쳐다보는 일행을 향해 강서준은 나지막이 말했다.

"스킬을 만들 거니까요."

"……뭐요? 스킬을 만들어요?"

"네."

도서관 사서의 전용 아이템인 '봉인된 책'과 '봉인된 펜'의 조합이다. 충분히 가능한 얘기였다.

'내 직업의 최대 장점은 책을 읽어 스킬을 얻는 것도 있지만, 가장 유용한 건 역시 스킬을 만드는 거였지.'

봉인된 펜은 바로 이 책에 스킬을 만들 수 있도록 돕는 특수 아이템.

아직 제대로 된 준비를 갖추질 못하여 책이나 펜은 '봉인'

이 되어 있지만, 그 정도야 어렵지 않았다.

그래.

누군가의 기억 속으로 들어가는 일쯤이야.

강서준은 차분히 일행에게 내용을 설명해 줬다.

"최하나 씨의 꿈속으로 들어가는 스킬을 만들 겁니다. 그곳에서 직접 최하나 씨를 이렇게 만든 놈을 잡아야 해요."

"꿈이라고요……."

"네. 결국 꿈은 기억의 무의식이 만들어 낸 현상 중 하나니까요."

그때 얘기를 가만히 듣고 있던 나한석이 손을 번쩍 들더니 말했다.

"그냥 정신 조작 스킬을 얻으면 되는 게 아닙니까? 애써 기억 속으로 들어가는 번거로운 과정은 불필요할 텐데요."

강서준은 어깨를 으쓱이며 답했다.

"여러 이유로 안 됩니다. 가볍게 들었을 때는 스킬을 만든다는 게 만능처럼 보이지만 실상은 그게 아니라서요."

세상에 거저먹는 게 있을까.

특히 드림 사이드의 난이도는 극악에 달하는 편이다. 스킬을 만든다는 행위가 아무런 제약 없이 쉽게 이뤄질 리는 없는 것이다.

'좋은 스킬일수록 필요한 대가는 많아져. 그만한 페널티도 늘어날 수밖에 없고.'

하물며 강서준의 현재 수준으로는 괜히 S급 스킬을 만들려고 했다간, 애물단지만 늘어나는 꼴이다.

스킬의 제작 조건도 채우질 못하겠지.

'무엇보다 만드는 데 시간이 너무 많이 필요할 수도 있어.'

그가 소싯적에 만들었던 '천무지체'는 완성까지 대략 한 달이 걸렸다.

숱한 노가다를 기본으로 깔고 들어가는 고난이도 고생이었다.

즉 지금 만들어야 할 건 그게 아니다.

'가능한 허접하고 쓸모없어야 해. 하지만 문제를 풀 수 있는 최소한의 기능은 가진 스킬.'

까다로운 조건이었지만 강서준은 그걸 '꿈속으로 들어가는 스킬'로 합의를 본 것이다.

과연 누군가의 꿈속으로 들어가는 게 게임을 플레이하는 데에 대단히 중요할까.

전투엔 하등 쓸모도 없겠지.

'그렇다고 만들기 쉬운 건 또 아니지만……'

강서준은 사람들의 시선을 무시하고 일단 책에 문장을 입력하기 시작했다.

그러자 문장이 나타났다.

[장비, '봉인된 책'의 두 번째 자격을 성립했습니다.]

['두 번째 봉인'이 해제됩니다.]

이로써 모든 조건은 충족됐다.

강서준은 곰곰이 고민하다 가능한 별 볼일 없는 문구를 적어 내기로 했다.

특별한 조건을 제시할 것도 없다.

　인 투 더 드림
　*꿈속으로 들어간다.

하지만 이조차 완성까지 1시간이나 소요됐다. 스킬 제작에 필요한 조건도 확인해 보니 상당히 복잡한 게 많았다.

앉은 자리에서 충당할 수 있어 다행이지.

'설마 유체이탈 경험이 필요할 줄이야…… 자칫 시도조차 못 할 뻔했어. 운이 좋아.'

유체이탈이란 스킬이 존재하겠지만, 강서준은 가지고 있지 않은 스킬이었다.

그러나 드림 사이드 1에서 죽음을 겪고, 신체를 벗어나 다른 공간의 풍경을 본 적이 있질 않은가.

이른바 '유체이탈의 경험'이다.

아이크에게 한 번 더 고마울 일이 생겼다.

'이외엔 경험치가 소모되는구나. 좋아. 스탯이 소모되진

않았어.'

아주 좋은 소식이다.

천무지체를 생성할 때의 영구적인 스텟 소모를 떠올려 보면, 경험치 따위야 값싼 대가였다.

[스킬, '인 투 더 드림(F)'을 완성했습니다.]

고작 꿈속으로 들어갈 뿐인 스킬의 완성이다.

'하지만 별 볼일 없는 스킬도 쓰기 나름이지.'

강서준은 별 볼일 없는 스킬의 내용을 다시 한번 확인하고, 일행을 향해 고개를 돌렸다.

"최하나 씨를 정상으로 되돌리는 것도 중요하지만, 이곳의 던전을 공략하는 일도 소홀히 할 수는 없어요. 남은 시간은 열흘입니다."

"……시간제한이 있습니까?"

"자세한 사정은 이곳의 책임자인 진혁수 씨가 설명해 줄 겁니다. 여러분이 할 일은 제가 최하나 씨의 꿈속에 다녀오는 동안 최대한 정보를 수집하는 겁니다."

나한석은 고개를 끄덕이며 답했다.

"알겠습니다. 정보 수집에 유용한 녀석들을 추려서 천안을 한번 쭉 둘러볼게요."

그렇게 상황을 정리한 강서준은 이번엔 옆에서 그를 지켜보던 이루리에게 시선을 고정했다.

　그녀에게 할 말이 있었다.

　"부탁이 있어."

　"응?"

　"최하나의 꿈속으로 너도 함께해 줬으면 해."

　"무슨 소리야?"

　영문을 모르겠다는 그녀의 표정에 강서준은 그가 떠올린 계획의 가장 큰 문제점을 알려 줬다.

　"난 최하나 씨의 꿈속, 그러니까 그녀의 제대로 된 기억이 뭔지 몰라. 조작된 기억이 어떤 건지 구분조차 할 수 없을 거야."

　"흐음……."

　"그래서 네가 필요해. 너라면 거짓된 기억을 한눈에 알아볼 수 있잖아."

　진실의 이루리라면 가능한 일이다.

　잠시 고민하던 이루리는 강서준의 계획에 있는 큰 오점을 하나 지적했다.

　"의도는 이해했어. 한데 나도 들어갈 수 있을까? 스킬은 적합자한테 한정되잖아."

　"맞아. 그래서 하나 더 부탁하려고."

　"……안 어울리게 왜 자꾸 말을 돌리실까."

　강서준은 앞으로 손을 내밀면서 말했다.

"내 백귀가 되어 줘."

"……백귀?"

"응. 내 영혼과 연결되어 있으면 꿈속에서도 충분히 함께할 수 있을 거야."

'백귀'라는 스킬은 강서준의 영혼에 다른 영혼을 귀속시키는 힘이 있다.

그리고 백귀가 된 자는 강서준과 감정과 생각을 공유할 수 있으며, 이를 통해 거짓을 구분하는 것 정도는 가능할 것이다.

이루리는 곰곰이 고민하다 고개를 가로저었다.

"글쎄. 적합자는 종종 내가 누군지 착각하는 것 같아."

"응?"

"난 적합자의 백귀가 될 수 없어. 따지고 보면 난 오가닉이나 라이칸과는 본질적으로 다르거든."

가만히 이루리를 바라보던 강서준은 머리를 망치로 두드려 맞은 듯한 충격을 느낄 수 있었다.

너무 사람 같아서 잊고 있었다.

이루리는 백귀가 될 필요가 없었다.

"백귀 계약이 아니라, 왕의 각인을 해야 할 거야. 안 그래?"

그녀는 NPC이자, 성물.

그것도 도깨비왕의 전용 아이템이었으니까.

[칭호, '도깨비의 왕'을 확인하였습니다.]

['왕의 각인'을 시작합니다.]

[3, 2, 1 …… 0.]

['진실의 성물 : 이루리'의 각인이 완료되었습니다.]

['왕의 각인'으로 인하여, '진실의 성물 : 이루리'의 진정한 모습을 되찾았습니다.]

이루리의 정수리에 핏방울을 떨어뜨리는 것으로 왕의 각인은 쉽게 끝낼 수 있었다.

잠시 몸을 부르르 떠는 이루리.

강서준이 가만히 쳐다보니 이루리는 미간을 구기면서 물었다.

"뭐야? 그 시답잖은 표정은."

"……으음. 변한 게 없는 것 같은데."

"뭔가 더 있어야 해?"

왕의 각인을 마친 이루리는 이전과 크게 다르지 않았다. 여전히 열다섯 정도로 보이는 아이의 외관.

'도깨비 보주'가 왕의 각인을 마치자마자 '도깨비 왕의 반지'로 변신했던 것과는 달랐다.

이루리는 가재 눈을 떴다.

"걱정 마. 왕의 각인은 제대로 됐어."

"……내 생각을 읽어?"

"아니. 적합자의 생각을 내가 어떻게 알아. 제아무리 천재 미소녀인 나도 읽을 수 없는 거야."

각인이 완료됐고, 이를 통해 영혼이 연결됐다 해도 서로에 대해서 모든 걸 알 수 있는 건 아니다.

연결됐으니 전보다 알기 쉬워졌다는 표현이 더 어울릴 것이다.

이루리는 익살스럽게 웃었다.

"다만 그런 멍청한 표정을 짓고 있으면 누구라도 의중을 파악할걸."

"끄응……."

"그보다 중요한 건 앞으로 무얼 할 수 있냐는 게 아니겠어?"

이루리의 말에 강서준은 쓰게 웃으며 고개를 끄덕였다. 사실 외관이야 아무래도 좋다.

당장 필요한 건 '왕의 각인'을 한 이루리를 꿈속으로 함께 데려가는 게 가능하냐는 것.

이루리는 딱 잘라 말했다.

"가능해."

"오오."

"정확히는 적합자가 꿈속으로 들어가고 나는 거기에 딸려가는 셈이지만."

그 외에도 부가적으로 생겨난 스킬들도 더러 있었다. 아무래도 이루리의 귀속이 더욱 완전해졌기 때문이었다.

'이루리에 대한 기존의 각인이 일반적인 수준이라면, 왕의 각인은 영혼을 연결하는 수준이니까.'

백귀와 비슷하지만 다른 것이다.

원한다면 생각으로 의사소통을 하는 것도 가능할 것이다.

이루리는 강서준을 향해 차분하게 입을 열었다.

"나에 대해서 어느 정도는 잘 알겠지만 일단은 설명해 줄게. 축하해, 적합자는 앞으로 환상 계열 스킬은 어지간해선 면역이 될 거야."

이루리는 '진실 혹은 거짓'이란 스킬을 사용할 수 있었고, 이를 통해 상대의 거짓을 파악할 수 있었다.

그리고 이번의 각인을 통해서 영혼이 연결됐으니, 그 스킬은 상시 발동하는 셈이나 다름없다.

강서준에게 더는 거짓말이 통하지 않는다.

이득은 그뿐이 아니었다.

['도깨비 왕의 감투'를 착용했습니다.]

['도깨비 왕의 반지'를 착용했습니다.]

['진실의 성물 : 이루리'를 귀속시켰습니다.]

[세트 효과가 발생합니다.]

[스킬, '영안(A)'의 등급이 '영안(S)'로 성장합니다.]

진실을 가려 볼 수 있게 된 덕인지 그의 영안이 한 등급 상
승한 것이다.

예상치 못한 소득이었다.

이루리는 가볍게 말했다.

"적합자. 난 감투 속에 들어가 있을게. 언제든 필요하면
불러."

"……그게 가능해?"

"원래 가능했어. 그냥 내가 들어가기 싫어서 안 들어간 거
지."

×카츄냐…….

이루리는 쏘옥 강서준의 감투 속으로 자취를 감췄다. 그곳
에서 영혼들을 밀어내고 그녀만의 터전을 잡는 게 느껴졌다.

이렇게 쉽게 일이 진행될 줄 알았으면 진즉에 왕의 각인을
해 뒀으면 여러모로 편했을 것이다.

그녀가 사람이란 생각에, 미처 떠올리지 못한 게 잘못이
다.

"자, 그럼……."

강서준은 어깨를 으쓱이며 일단 백귀를 소환했다. 그중 충
성심이 가득한 표정의 라이칸.

"다른 사람들이 어련히 잘하겠지만, 무슨 일이 생기면 바
로 연락해."

"왕이시여. 저만 믿으십시오."

든든하게 가슴을 두드리는 라이칸을 일별한 강서준은 그 옆에 도열한 오가닉과 로켓을 향해도 당부를 잊지 않았다.

"둘은 다른 사람을 도와서 던전 정보 수집에 열중해 줘. 지금 무엇보다 그쪽이 중요한 건 내 생각을 읽어 잘 알고 있지?"

"물론입니다. 충분히 납득했습니다."

"그럼 수고하고."

그때 오가닉이 말을 걸었다.

"저, 왕이시여."

몇 번을 들어도 어색한 존대.

그는 강서준을 향해 공손하게 말했다.

"실례가 안 된다면 왕의 영혼 부대를 잠시 제가 활용해도 되겠습니까?"

"마음대로 해."

구태여 이유를 묻진 않았다. 올곧은 그의 시선 속에서 그의 의도가 고스란히 전달됐으니까.

'영혼 부대를 활용해서 천안을 샅샅이 수색하고 싶다, 라…… 확실히 그게 효율적이야.'

어차피 보관된 영혼은 소모품이다. 백귀 등록을 하질 않는 한 언젠가 사라질 녀석들.

아낄 필요는 없었다.

냉기가 가득하여 지나기 어려운 공간은 아마 영혼들을 시켜 확인하면 좀 더 수월한 정찰이 가능하겠지.

'앞으로의 영혼 수급도 어렵진 않아.'

애초에 이곳은 드림 사이드 1처럼 품을 만한 영혼이 없는 곳도 아니다.

주변에 널린 게 몬스터였고, 널린 게 던전인 세상.

영혼은 지천에 깔렸다.

작은 수고만 더한다면 감투엔 전처럼 영혼을 가득 채울 수도 있으리라.

"좋아. 대신 전투가 벌어지면 그 부분은 영혼 부대에게 맡기지 말고 네가 나서야 해."

"알겠습니다."

기왕이면 전투는 오가닉과 로켓이 담당해야 할 것이다.

슬슬 그들도 레벨 업을 해 둬야 한다.

그래야 앞으로의 전투도 버텨 낼 수 있을 것이다.

"그럼 다녀올게."

강서준은 침대에 고이 잠든 최하나의 옆에 앉았다. 고운 숨소리를 내며 잠든 그녀는 누가 업어 가도 모를 것만 같았다.

그는 나지막이 중얼거렸다.

"인 투 더 드림."

새로 만든 스킬.

남의 꿈속으로 들어갈 수 있는 별 볼일 없으면서 터무니없는 스킬.

그리고 눈앞으로 의식이 멀어지기 시작했다. 서서히 붕 뜬 감각과 함께 날아갈 것만 같은 가벼움이 느껴졌다.

유체이탈.

의식은 점차 최하나의 영혼…… 정확히는 그녀의 무의식으로 침잠하고 있었다.

스킬은 성공적이었다.

[스킬, '인 투 더 드림(F)'을 발동합니다.]
[주의! '드림 키퍼'를 조심하십시오.]

예상하지 못했던 문구가 나타나기 전까지는 말이다.

다시 눈을 떴을 때 이미 그는 다른 곳에 도착해 있었다.

복작이는 소음, 약간은 싸늘한 공기.

하지만 따스한 햇살이 내리쬐고 있어 춥다는 느낌은 전혀 들지 않은 곳이었다.

'꿈속이라지만 감각은 현실과 다를 게 없네.'

당연했다.

꿈은 무의식이 만들어 내는 현상 중 하나였다. 여기서 무의식의 모태는 사실 기억과도 관련된 것.

사람의 기억을 기반으로 하는 만큼 그 내용은 대개 현실적일 수밖에 없을 것이다.

'꿈속에선 고통도 없다던데.'

강서준은 그 생각을 부정했다.

아마 반은 맞고, 반은 틀린 얘기일 것이다. 누군가가 통증을 기억하고 있다면 꿈속에서도 고스란히 느낄 수 있지 않을까.

'환상통'이란 말이 괜히 있겠는가.

통증을 기억한다면 무의식중에서도 그 통증을 느낄 수 있는 걸지도 모른다.

또한 그렇기 때문에 꿈에선 통증이 없다고 얘기하는 걸 수도 있다.

'현대인이 어지간한 통증을 기억할 리가 없으니까.'

살면서 칼을 맞아 보길 했나, 총에 쏘여 보길 했나.

어지간한 통증은 겪어 보지 못한 영역이기 때문에, 표현조차 어려울 수밖에 없다.

그뿐일까.

'꿈에 몰입하지 못하는 만큼 현실성도 떨어지기 마련이야.'

무의식에 잠재된 기억은 또렷하지 않은 것들이 대부분이다.

거기서 통증을 느끼려면 '무의식에 잠재된 고통의 기억'을 어떻게든 의식의 영역으로 끄집어낼 몰입이 필요한 것이다.

꿈은 그걸 실현해 주는 것 중 하나였고, 그 속에서도 깊은 몰입이 전제되질 않는다면.

통증은 생길 수 없다.

"라는 게 내 추측인데…… 이루리, 넌 어떻게 생각해?"

잠시 말이 없던 이루리는 강서준의 머릿속으로 직접적으로 의사를 전달해 왔다.

ㅡ내가 어떻게 알아. 결국 누구에게나 상대적인 게 꿈인데.

어떤 사람은 통증을 느끼지만, 또 어떤 사람은 무감각할 수도 있다.

누구는 예지몽을 꾸고.

누구는 자각몽을 꾼다.

어찌 단정 지을 수 있을까.

'꿈'이란 결국 각자 보는 법도, 감상도 다른 것이다.

ㅡ대신 하나는 확실해. 이곳에서 적합자가 겪는 일은 단순히 꿈으로 끝나지 않을 거라는 것.

"어째서?"

ㅡ우린 스킬을 통해서 무의식의 영역으로 진입했어. 아마 이곳에서 죽으면 진짜 죽을걸?

이루리는 종전에 강서준이 말했던 내용을 되짚으며 말을 이었다.

ㅡ그리고 적합자의 주장대로라면 적합자는 웬만한 통증도 전부 느낄 거고. 적합자나 최하나…… 모르는 통증은 이제 거의

없지 않아?

지난 1년에 가까운 전투의 나날은 고스란히 무의식 속에 저장됐다.

누구도 겪지 못했을 통증들…….

특히 '트롤의 심장'을 활용하여 '번 블러드'를 활용해 온 최하나라면, 더 큰 통증을 안고 살아왔는지도 모른다.

ㅡ문제는 더 있어.

강서준은 주변을 둘러볼 수 있었다. 근데 묘하게 낯이 익다는 사실도 깨달았다.

한서울대학교.

다름 아닌 이곳은 강서준의 기억에도 있는 곳이니까.

어렴풋이 떠오르는 기억 속의 그는 이곳에서 푸드 트럭 알바를 하고 있었다.

가까이의 현수막도 확인해 봤다.

2014년 한서울 대축제

년도로 따져도 강서준이 이곳에 왔을 때와 겹쳤다.

그렇게 주변을 둘러보던 강서준은 마침내 푸드 트럭도 발견할 수 있었다.

그곳에 있는 젊은 청년.

'어린 강서준'이 있었다.

"설마……."

─그 설마가 맞아. 아무래도 최하나의 무의식으로 들어오는 와중에 적합자의 무의식이 연결된 거야.

문득 그 당시 이곳에 왔었던 초청 가수가 누군지 떠올릴 수 있었다. 분명 한창 아이돌로 유명하던 '최하나'였었지.

"……같은 시각, 같은 공간에 있었으니 이 시점에 난입한 건가."

─아마도. 비슷한 무의식이 겹쳐서 가장 현실성이 높은 꿈을 보여 주는 거니까.

한편 강서준은 열심히 노동을 잇고 있는 어린 강서준을 살펴봤다.

꽤 힘든 안색이다.

오래 일하던 곳에서도 갖가지 이유로 잘리고, 먹고살 길을 찾아 여러 곳에 이력서를 찌르며 전전긍긍하던 시절.

수많은 폭력과 억압에 시달리던 시기.

당시의 강서준의 삶엔 낙이 없었다.

'그러고 보면 드림 사이드를 오픈하기 직전의 시점이구나.'

그는 새삼스럽게도 과거의 기억에 젖어 들고야 말았다.

그에게 있어 이곳은 힘들 뿐인 노동의 현장이었지만, 사실 청춘을 꽃피우는 다양한 사람이 있는 곳이다.

연인이 있고, 여유가 있다.

하물며 여긴 '로테월드'의 거짓된 풍경과는 다르다. 과거의 한 시점을 다시 재생해서 보여 주는 거니까.

진짜 과거, '서울의 옛 풍경'이다.

"인 투 더 드림…… 꽤 좋네."

-글쎄. 그저 현실 도피하기 딱 좋아 보이는데.

"으음."

-신소리 그만하고 이제 좀 알려 줬으면 하는데. 이곳에서 우린 무얼 찾아야 할까?

강서준은 어깨를 으쓱이며 말했다.

"드림 사이드 1에서도 인간의 정신을 조작하는 몬스터는 있었어. 그중 고렙의 플레이어에게 영향을 주고, 기억에 간섭하는 녀석이 있었어."

-누군데?

강서준은 확신할 수 있었다.

그래. 그놈 말고는 없겠지.

"몽마(夢魔)."

꿈을 먹고, 꿈을 조작하고.

나아가 인간의 기억 영역에도 손을 뻗쳐 성향을 바꾸는 악질적인 몬스터.

마족 중에서도 정신 계열 스킬로 무장한 귀찮은 그 족속들이 아니고서야 정답은 없을 것이다.

이놈들이 흡혈귀보다 더하다.

'어쩌면 흡혈귀의 상위 개체일지도.'

정확한 건 직접 마주하고 확인해 봐야 알 일이지만, 강서준은 이번 일을 '마족'의 짓이라고 확신했다.

해서 그는 그리운 풍경을 고스란히 담은 대학가 캠퍼스를 쭉 둘러보더니 말했다.

"이곳 어딘가에 숨은 몽마를 찾으면 돼. 그게 최하나를 되돌릴 유일한 방법이야."

골칫거리는 하나가 아니었다.

'드림 키퍼.'

최하나의 꿈속으로 들어올 적에 시스템 메시지가 있었다.

드림 키퍼를 조심하라.

모르긴 몰라도 이곳에 그가 알지 못하는 뭔가가 있다는 것만은 확실한 것이다.

'몽마를 드림 키퍼라고 말하진 않을 거야. 아니, 내 예상대로라면 드림 키퍼는 마족과 아예 무관한 존재겠지.'

어쩌면 원래 이곳에 있었던 '존재'인지도 모른다. 강서준의 무의식 속에도 있고, 누구나 무의식 속에 숨겨 두고 있을지 모를 그런 존재.

이루리는 곰곰이 고민하더니 말했다.

-그야말로 방어기제가 아닐까?

"……방어기제."

-무의식이 아무런 절제 없이 그냥 방치된다면 어떨 것 같아?

잠시 고민해 봤다. 그리고 빠르게 결론을 내릴 수 있었다.

"엉망이겠어."

-맞아. 무의식은 말 그대로 아무렇게나 널브러진 기억들일 테니까.

일종의 중재자다.

무의식 속에서 그 욕망이 멋대로 폭주하지 않도록 만드는 브레이크.

문득 강서준은 누구보다 욕망에 충실했던 한 몬스터를 떠올렸다.

'그리드.'

그리드가 사실 '드림 키퍼'라는 방어기제가 훼손됐기에 만들어진 몬스터는 아닐까.

포자 바이러스가 감염됐을 경우, 바이러스가 가장 먼저 공격하는 대상이 드림 키퍼라면…….

"뭐가 됐든 조심해야겠지."

강서준은 이곳에서 더도 말고 덜도 말고 딱 하나만 도려내면 될 일이었다.

이루리가 대학가의 한적한 풍경을 둘러보면서 말했다.

-그래서 몽마는 어디서 찾아? 무턱대고 돌아다닐 건 아니잖아.

강서준은 입꼬리를 씨익 올리면서 웃었다. 사실 주변을 헤맬 이유는 없는 것이다.

애초에 그가 갈 곳은 하나니까.

"최하나부터 찾아야지."

거기에 그놈도 있을 테니.

한서울대학교에서 최하나를 찾는 건 누워서 떡 먹는 것보다 쉬운 일이었다.

이곳에 최하나가 등장하는 이유.

그녀는 한서울대학교에 가수로 초청됐고, 정해진 시간이 되면 무대에 오를 예정이었다.

강서준은 한창 공연이 펼쳐지는 무대를 바라보며 쓰게 웃었다.

"어쩌면 이루리…… 널 데려올 필요도 없었겠는데."

-왜?

"걸스온탑은 원래 6인조 걸그룹이거든."

한데 한창 공연 중인 '걸스온탑'의 멤버 수는 총 일곱 명이었다. 그중 생소한 얼굴이 있었다.

–잘 아네?

"이래봬도 팬이었다니까. 걸스온탑은 내 군 생활 중에서 가장 유명한 걸그룹이기도 했고.

그나저나 푸드 트럭 알바를 하느라 구경도 못 했던 걸스온탑의 무대를 이처럼 감상하려니 기분도 묘했다.

옛날 생각나네…… 그땐 이 무대를 보러 가는 대학생들이 그렇게 부러웠는데.

–근데 적합자. 이젠 어쩌려고?

슬슬 대미를 장식한 공연은 끝을 향해 달려가고 있었다. 인기 아이돌답게 마지막 공연이었을까. 화려한 불꽃놀이가 하늘에 수를 놓을 때였다.

강서준은 하늘의 불꽃을 뒤로하고 바쁘게 무대를 빠져나가는 걸스온탑을 확인하며 말했다.

"쫓아야지."

드림 키퍼가 두 눈 새파랗게 뜨고 있는데, 대놓고 그놈을 축출할 수는 없는 노릇이었다.

좀 더 기회를 살펴야 한다.

"꺄아! 언니이이이!"

"여기 좀 봐 주세요!"

"누나! 오늘 최고였어요!"

캠퍼스 내에 가득 들어찬 인파를 지나치고, 걸스온탑이 탑승한 차량을 쫓는 건 어렵지 않았다.

[스킬, '류안(S)'을 발동합니다.]

[스킬, '초상비(F)'를 발동합니다.]

그는 현대의 히어로 무비 속에 등장하는 영웅들처럼 재빠르게 건물을 박차고 뛰어넘었다.

이동하는 차량의 뒤를 은밀하게 뒤쫓는 건 일도 아니었다.

한편 그가 이상한 점을 찾은 건 그즈음이었다.

'저놈은……'

걸스온탑의 차를 끈질기게 따라붙는 한 대의 차량. 잘못 본 건가 했는데, 그 차량은 걸스온탑이 가는 곳마다 귀신같이 따라다니고 있었다.

강서준은 해당 차량에서 내리는 사내의 얼굴도 확인할 수 있었다.

'……노르혼?'

드림 사이드 1에서 봤고, 로테월드에서 마주친 전적이 있는 NPC.

물론 저놈이 진짜 노르혼은 아니다.

'스토커구나.'

한때 최하나의 뒤를 지겹게 따라다니던 스토커에 대해 들어 봤다. 그래서 드림 사이드의 노르혼을 그토록 싫어했다고 하질 않던가.

찰칵! 찰칵!

가만히 보고 있으려니, 이 스토커 녀석은 집요할 정도로 최하나의 뒤를 쫓고 있었다.

일거수일투족을 공유하려는 목적인가.

가장 소름 끼치는 건 놈은 본인의 스토킹을 일부러 드러내어 최하나에게 각인시키고 있다는 점이다.

몇 번은 일부러 손을 흔들거나 접촉하려는 시도도 다양하게 해내고 있었다.

강서준은 미간을 찌푸렸다.

하지만 나서진 않았다.

'이건 기억일 뿐이니까.'

하물며 저놈은 최하나에 의해 직접 단죄를 받는다고 들었다. 그 때문에 '인간 사이다'란 별명도 얻은 그녀가 아닌가.

"······으응?"

의외의 결과를 마주하기까지 긴 시간이 필요하지 않았다.

스토커를 마주한 최하나.

그녀는 그놈에게 한마디 말도 내뱉지 못하고 잔뜩 굳은 채, 고개를 푹 숙이고 있었으니까.

마치 죄인처럼······.

그가 알던 최하나는 아니었다.

'설마······.'

강서준은 그 이후로도 최하나의 하루를 따라 걸으면서 불편한 진실을 깨달을 수 있었다.

그녀가 어째서 사이코패스처럼 사람을 죽이길 서슴지 않게 됐나 했더니만.

원인은 여기에 있었다.

'같잖은 수를……'

강서준은 최하나를 다그치는 '누군가'를 확인했다. 그녀는 걸스온탑 제7의 멤버로 최하나의 무의식에 숨어든 괴물이었다.

몽마.

고개를 푹 숙인 채 닭똥 같은 눈물을 흘리는 최하나를 향해 그녀가 싸늘하게 말했다.

"그만 울어. 스토커도 다 널 사랑해서 쫓아다니는 거 아니니? 왜 자꾸 배부른 소리야?"

"언니…… 하지만."

"우리한테 얼마나 중요한 시기인지 몰라서 그래? 너 자꾸 투정 부릴래? 아니면 지난번처럼 자살 시도라도 하려고?"

거칠게 쏘아 대는 그 말에 최하나는 반박조차 하질 못했다. 되레 울음을 삼키고 억지로 미소를 짓는다.

여자가 말했다.

"그래. 웃어야지. 아이돌이잖아?"

그러면서 은근슬쩍 최하나에게 '마기'를 주입하고 있었다. 강서준은 입술을 잘근 깨물었다.

'빌어먹을.'

결론은 간단했다.

저 몽마의 개입으로 인하여 최하나의 무의식이 조작됐다.

이곳의 최하나는 스토커를 단죄하질 못했고, 끝까지 참고 참아야만 했던 것이다.

그렇게 곪은 상처는 마기를 만나 최하나의 성격을 사이코 패스처럼 개조하고 말았다.

본래 그녀의 착한 성향 때문에 완전히 미치진 않았다고 하더라도.

'……후우.'

강서준은 분노를 삼키며 몽마 녀석이 혼자가 되길 기다렸다.

어느덧 저문 도시로 싸늘한 공기가 휘감겨 오고 있었다. 깜빡이는 가로등 아래로 몽마가 혼자 모습을 드러낸 건 그때.

마침내 기회였다.

의외로 놈은 강서준을 향해 손짓을 하며 알은체를 해 왔다.

"눈치챘었나."

"그럼. 하루 종일 쫓아왔으면서……."

"흐음."

놈은 거두절미하고 물었다.

"그래서 무슨 용무? 알리 님이 보내서 왔니? 난 분명 이번 일이 끝나기 전엔 돌아가지 못한다고 했는데."

아무래도 강서준을 동료라고 생각하는 모양이었다. 하기야 꿈속으로 들어오는 일이 어디 흔할까.

강서준은 짧게 혀를 차며 말했다.

"몽마."

미간을 좁히며 놈의 얼굴을 들여다봤다. 아리따운 얼굴 너머로 흉측한 것들이 살벌하게 뭉쳐 있었다.

놈의 표정이 확연히 변했다.

"……설마 플레이어? 어떻게 여기까지 들어왔."

강서준은 무기를 꺼내어 휘두르는 것으로 대답을 대신했다. 유려하게 빛나는 재앙의 유성검은 몽마의 목을 향해 나아갔다.

아쉽지만 놈이 빠르게 뒤로 물러나면서 공격은 허공을 그었다.

"감히 꿈속에서 몽마를 대적하다니!"

그로부터 무시무시한 에너지가 폭발하기 시작했다. 어느덧 그의 주변은 새카만 어둠만이 가득 들어찬 상태.

모르긴 몰라도 이곳이라면 '드림 키퍼'조차 무시할 수 있을 거란 생각이 들었다.

아마 정확할 것이다.

그게 아니라면 놈도 이런 무식한 힘을 아무런 제약 없이 꺼내질 않았을 테니까.

이런 힘을 늘 발휘할 수 있었다면…… 구태여 걸스온탑의 제7의 멤버를 연기하면서 최하나의 일상에 은은하게 개입하는 수고를 하지도 않았을 거고.

강서준은 씨익 웃으면서 말했다.

"몽마야. 너무 오만하구나."

"뭐?"

강서준은 더 말을 이을 것도 없이 본격적으로 마력을 끌어올렸다.

그 기세에 놈의 표정이 약간 일그러졌다. 한껏 정면으로 힘을 흩뿌리며 놈이 말했다.

"건방진 놈이……!"

[엘리트 몬스터 '몽마'가 스킬, '나이트메어(A)'를 발동합니다.]

꿈속에서라면 무소불위의 힘을 발휘한다는 게 '몽마의 공격'일 것이다.

어지간해선 아마 손끝 하나 대질 못하고 당하고 말 터.

하지만.

[NPC '진실의 성물 : 이루리'와 연동되어 있습니다.]

[스킬, '진실 혹은 거짓'을 발동합니다.]

[환상을 해제합니다.]

그에겐 통용되지 않을 말이다.

"어, 어떻게?"

당황하는 놈을 향해 강서준은 빠르게 접근했다. 이번엔 놈이 피할 틈도 주질 않고 마력집중으로 그 속력을 더했다.

날카롭게 베인 어깨!

피를 흘리며 더더욱 당황하는 게 보였다.

"어떻게 실체를…… 직접!"

강서준은 어깨를 으쓱일 뿐이다.

"원래 나한텐 그딴 건 안 통해."

류안을 발동시키면 그 어떤 흐름도 읽을 수 있고, 생명체가 가진 그 흐름조차 당연히 볼 수 있다.

"근데 이번엔 더 쉬워졌거든."

강서준은 류안을 활용할 것도 없이 막무가내로 베고 또 벴다. 흐름이 엉망인 부분을 베더라도 치명상이 터지고 있었다.

속수무책으로 난도질당한 몽마의 울음이 사방으로 퍼졌다.

모두 이루리 덕분이다.

[스킬, '진실 혹은 거짓'을 발동 중입니다.]

그에겐 거짓된 것들.

나아가 실체가 없는 것들도 결국 통하지 않는다. 분신을 베더라도 본체에 타격을 입힐 것이다.

그게 진실의 성물이 가진 진짜 힘이니까.

'재앙의 유성의 볼보도 원래 이런 식으로 잡는 거였겠지.'

생각을 정리하면서 슬슬 공격을 멈추기로 했다. 바들바들 떨고 있는 몽마가 금세 죽을 안색을 했기 때문이다.

"몽마야. 알리에게 전해."

"크윽……."

"당장 내 구역에서 꺼지질 않으면 네놈들의 종족은 완전히 씨를 말리겠다고. 참고로 이건 부탁이 아니다?"

강서준은 싸늘하게 놈의 목을 재앙의 유성검으로 얕게 그으면서 말했다.

"전해. 케이가 돌아왔다고."

스거억!

잠시 후, 몽마가 소멸하면서 세상은 원래의 흐름으로 돌아가고 있었다.

마기도 점차 옅어졌고, 놈의 흔적이 차츰 지워졌다.

걸스온탑은 언제 7인조였냐는 듯 6인조 걸그룹으로 활동을 이어 갔고, 우울한 안색의 최하나도 활기찬 얼굴이 됐다.

그녀는 꽤나 당찼다.

"이런 개 같은 스토커 새끼를 봤나. 삼대가 멸할 새끼가……!"

"하나야! 제발 말투 좀!"

"왜요! 욕먹어도 싼 새끼잖아요!"

"그건 그런데…… 넌 아이돌이잖아!"

거침없이 스토커를 향해 욕지거리를 내뱉는 최하나.

그녀는 거리에서 우연찮게라도 스토커를 만나면 가만두질 않았다.

저런 사람이 여태 참았다는 게 신기할 정도였다.

새삼스럽지만 몽마도 참 대단하다.

─보는 내가 시원하네.

"그치? 최하나는 저 일로 오히려 인기가 급상승했어. 그 덕에 사이다 욕쟁이 캐릭터로 영화도 찍었거든."

혹시나 뭔가 더 남아 있을까, 꼼꼼히 그녀의 주변을 둘러 보던 강서준은 슬슬 나갈 준비를 해야 했다.

몽마의 흔적은 이젠 없었다.

"응?"

그리고 그쯤.

강서준의 시야엔 몰래 최하나를 훔쳐보던 스토커가 보였다.

최하나가 분명히 법적으로 처리하겠다고 언론에 발표했고, 경찰을 통해 놈을 찾고 있음에도.

참 끈질기게 스토킹을 잇는 놈.

정성이 참 거지 같다.

−적합자. 안 나가?

"잠깐만."

강서준은 초상비를 발동해 소리 소문 없이 스토커의 뒤로 접근했다. 그리고 음흉하게 웃는 놈의 뒤통수를 아주 세게 가격했다.

"으악!"

깜짝 놀라 나자빠진 놈이 큰 소리를 냈고, 돌연 시선이 집중되면서 최하나도 놈을 발견할 수 있었다.

"너…… 이 스토커 새끼가! 또!"

요란한 목소리를 뒤로하고 강서준은 서서히 스킬을 해제했다.

[스킬, '인 투 더 드림(F)'을 해제합니다.]

이제야 속이 좀 후련하네.

뭐야. 이 머저리들은 (1)

천안의 외곽.

강서준은 뜨거운 입김이 하얀 연기로 공중에 흩어지는 걸 보면서 나지막이 입을 열었다.

"그래서 링링…… 네가 좀 철저하게 조사를 해 줘야겠는데."

–흐음, 몽마라고? 귀찮은 것들이 들러붙었구나.

"응. 그러니까. 놈들을 이대로 방치해선 안 돼. 알지?"

–물론.

강서준은 고개를 끄덕이며 일단 몽마나 마족 '알리'에 대한 건은 모조리 잊기로 했다.

그녀가 모르고 있다면 모를까.

링링이 상황에 대해서 어느 정도 인식한 이후로도 이전과 같은 번거로운 상황은 벌어지지 않을 것이다.

'놈들을 찾는 게 쉽진 않겠지만…….'

몽마는 인간의 무의식에 숨은 몬스터였다.

그런 놈들을 아무런 정보도 없이 찾아내기란 하늘의 별을 따듯 어려운 일일 터.

하지만 링링이다.

일부러 도발해서 몽마들에게 어떤 반응이든 보이게 했으니, 그 링링이라면 단서를 찾아내 줄 것이다.

아마 그녀라면 잘해 낼 것이다.

─그나저나 케이. 언제쯤 돌아오는 거야? 정말 '몽마'가 등장했다면…… 다른 마족도 무시할 수는 없어.

"알아. 하지만 조금 더 버텨 줘."

─무슨 문제라도 있어?

링링의 질문에 강서준의 미간에 새겨진 골이 더욱 깊어졌다.

당장 돌아갈 수 없는 이유…….

무엇보다 심각한 문제가 있었다.

어쩌면 마족 따위보다 더.

'진백호를 살려야 해.'

행여나 주요 인물로 추정되는 진백호를 이대로 방치하고 떠날 수는 없었다.

만약 정말 진백호가 이 세계의 주요 인물이면 어떡하겠는가.

'그가 죽는 순간, 게임 오버야. 터무니없지만 지구는 그대로 끝이라고.'

이 세계는 그토록 단순하고 거지 같은 구조였다.

드림 사이드 1의 허무한 결말을 직접 보고 오지 않았던가.

그 세계의 끝을 본 자로서 납득하긴 쉬운 일이었다.

'이 땅에 백신이 활개 치는 꼴을 두고 볼 수야 없지. 막을 수 있다면 막아야 해.'

강서준은 호흡을 가다듬으며 의지를 다시 세웠다. 해결 방법은 있었고, 그에게 그만한 역량도 있었다.

'단 하나의 아이템만 구하면 돼.'

해서 강서준의 우선순위는 이쪽이다.

"자세한 이유는 나중에 설명해 줄게. 일을 끝내자마자 돌아갈 테니 조금 더 부탁해."

링링은 짧게 한숨을 내뱉으며 말했다.

─그래. 이유가 있겠지.

그걸로 전화를 끊으려니 문득 링링은 다급한 목소리로 강서준에게 말을 걸어왔다.

─저, 케이?

"응?"

-사실 사소한 문제가 더 남았어. 예상보다 천안 쪽 지원 팀의 규모가 커져서 꽤 대인원이 이동할 텐데…… 음.

말꼬리를 길게 늘이는 걸 보면 뭔가 할 말이 더 남은 듯했다. 링링은 약간의 우려를 담아 말했다.

　-……여러모로 귀찮겠지만 유용할 거야. 뒷일은 부탁한다.

"무슨 소리야?"

　-직접 보면 알 거야.

일말의 찝찝함을 안겨 두고 끝난 링링과의 통화였다.

이후 쇼핑센터로 돌아간 강서준은 어느덧 눈을 뜨고 멋쩍게 웃는 최하나를 마주할 수 있었다.

긴 잠에서 깬 그녀는 일단 고개부터 숙이면서 말했다.

"다시 만나자마자 신세부터 졌네요."

"뭘요. 그나저나 기분은 어때요?"

"썩 개운……하진 않네요."

그녀의 무의식에 숨었던 몽마를 해치웠지만 그녀의 기분은 나아지질 않았다.

이야기를 듣자 하니, 그녀는 여태 본인이 한 행동을 전부 기억하고 있다는 것이었다.

"스스로가 혐오스럽긴 처음이에요. 강서준 씨. 제가 지금 가장 괴로운 게 뭔 줄 아세요?"

그녀의 눈동자가 파르르 떨렸다. 메마른 입술을 꽉 깨문 그녀가 다시 힘겹게 입을 열었다.

"과거의 제가 사람을 죽일 때…… 진심으로 희열을 느꼈다는 겁니다. 그 감정이 너무 생생해요. 정말 끔찍하다고요."

사이코패스의 감정을 누가 직접 겪어 볼 수 있을까.

불안한 듯 미간을 구긴 최하나는 애처로워 보이기까지 했다.

"최하나 씨."

"……네?"

"이런 말이 위로가 될지는 모르겠습니다만, 이번 일에서 최하나 씨의 잘못은 없습니다."

따지자면 엄연히 몽마로 인해 '기억을 조작'당해 벌어진 문제였다.

그녀는 피해자였지, 가해자가 아니다.

또한 그녀가 죽여 온 사람들은 대개 악인들.

제아무리 미쳐 날뛰더라도 최하나는 죄 없는 무고한 사람까지 해치고 다니질 않았다.

비록 상대적인 약자들이 꽤 많았지만.

"중요한 건 지금의 최하나 씨가 누구냐는 겁니다. 당신은 어떤 사람이죠? 사람을 죽이고 즐거워하는 사이코패스인가요? ……아니면 그 순간을 괴로워하는 사람인가요."

과거는 무슨 짓을 해도 바뀌질 않는다. 그건 시스템조차 어찌할 수 없는 문제였다.

대신 현재의 자신을 단정 짓는 건 결국 현재의 나뿐일 것이다.

"스스로를 혐오해도 좋고, 싫어해도 괜찮습니다. 당장 최하나 씨에게 필요한 건 과거를 덮는 게 아니니까요."

강서준은 최하나의 눈을 똑바로 바라봤다.

"스스로를 외면하지만 말아요. 자신을 잃게 될 겁니다."

자조적으로 웃는 그녀를 내려다보며 강서준은 괜히 인벤토리를 뒤적거렸다.

이런 타이밍에 꺼내기엔 좀 그랬지만.

아니, 이런 타이밍이기에 더욱 생각나는 선물이 하나 있었다.

"이건……."

"오다 주웠다고 하더라고요."

드림 사이드 1의 알론 제국.

황실의 비밀 창고에 오랫동안 숨겨져 있던 '클라크'의 전용 무기.

마탄의 라이플을 받아 든 최하나는 말없이 총신을 내려다봤다.

묵색의 총신은 차갑게 냉기를 뿜어내고 있어 괜히 쇼핑센터 내부가 조금 시원해진 기분도 들었다.

아마 기분 탓이다.

하지만 최하나는 그게 기분이 좋은지 총신을 손으로 쓸어 보더니 말했다.

"이런 걸 제가 받아도 될지 모르겠네요."

"사양할 필요는 없습니다. 원래 당신이 쓰던 총이 아닙니까."

"……섭종 보상인가요?"

강서준은 고개를 가로저었다.

"비슷하지만 달라요. 아마 사연을 듣고 나면 까무러치게 놀라게 될 겁니다."

서로 시선을 마주하던 두 사람은 가볍게 웃음을 터뜨릴 수 있었다.

한결 긴장을 덜은 최하나는 갑자기 무언가를 떠올렸는지 탄식을 내뱉더니 바로 말했다.

"……그러고 보니 제 신세타령만 했네요. 미안해요. 강서준 씨도 많이 힘드셨을 텐데."

그는 어깨를 으쓱이는 거로 대답을 대신했다. 그보다 그녀에게 묻고 싶은 말들이 많았다.

"그나저나 밀린 얘기나 좀 하죠. 뭐가 그리 바쁜지 링링은 제대로 된 소식을 알려 주질 않더라고요."

아무래도 두 사람 사이엔 5개월의 간극이 있었고, 겪은 일도 터무니없는 스케일을 가졌다.

대화가 필요한 시점이었다.

"그건 제가 알려 드릴게요."

"김훈 씨?"

"이 그림…… 되게 오랜만이네요."

자연스럽게 옆에 착석한 김훈은 최하나를 은근히 바라보더니, 안도의 한숨을 내쉬었다.

그리고 강서준을 향해 말했다.

"사실 그간 아크엔 큰 변화가 있었습니다. 강서준 님이 들으면 조금 어이가 없을 정도로요."

김훈은 쓰게 웃었다.

"일단 지난 5개월간 서울의 문제가 되는 던전은 대다수 정리됐습니다."

"……호오."

"나도석 님을 비롯한 고렙 플레이어분들이 많이 고생하셨죠. 덕분에 한동안 서울은 평화로웠습니다. 한데 문제는 거기부터 발생했어요."

오랜만에 주어진 평화.

조금씩 일상을 되찾아 가던 사람들은 그 평화를 양껏 누렸고, 아이러니하게도 그 평화 때문에 한 가지 골칫덩이가 생겨났다는 것이다.

"배가 부르니 슬슬 다른 걸 원하더군요. 평화가 독이 된

셈이죠."

먹고살 게 없을 땐 오늘 먹을 식량만 고민하면 될 일이고, 당장 목에 칼이 날아올 땐 그 칼날을 피하느라 정신이 없었을 것이다.

하지만 문제가 해결된 뒤.

인간에게 평화가 주어지니 제각기 다른 욕망이 발현되기 시작했다.

"당연하다면 당연한 일이죠. 그것까지 문제라고 하진 않아요. 그래요. 길드가 등장하기 전까지는요."

"길드라고요?"

"네. 아크 내외부로 우후죽순 다양한 길드가 출범하더군요. 마치 춘추전국시대를 보는 듯했죠."

처음엔 단순히 검사들이 서로의 검술이나 배워 보자는 마음으로 만든 '동아리'는 '검술 길드'가 됐단다.

'마법'이나 공유하자던 모임이 '마법사 길드'가 되고, 상인들 간의 친목회는 '상인 조합'이 됐다.

"문제는 다들 던전에 대한 소유권을 주장하기 시작한 데에 있어요. 플레이어는 계속 늘어나고 던전의 개수는 슬슬 부족해지는 실정이었으니……."

들을수록 어이없는 내용의 연속이었다. 던전의 소유권을 갖기 위해 서로 칼을 빼어 들고 싸우기까지 했다는 부분에선 헛웃음까지 나올 정도.

"······도대체 얼마나 근시안인 겁니까. 고작 그런 이유로 제 살을 깎아 먹다니."

우스운 얘기였다.

던전이 부족하다는 건 그만큼 플레이어의 역량이 올라갔다는 걸 의미하는 것이다.

그만큼 현재의 지구는 안정화됐다는 거겠지.

그리고 여기까지 생각했을 때, 그들은 이 게임의 이름을 다시 한번 떠올려 봤어야 했다.

'드림 사이드에서 평화라고? 웃기지도 않는군.'

플레이어에게 아무런 위기감이 주어지질 않는다면 과연 그 게임이 재밌다고 말할 수 있을까.

드림 사이드가 망한 이유는 그 게임이 재미없어서가 아니었다.

거지같이 어렵기 때문이지.

분명 드림 사이드 1에도 플레이어들이 꽤 안정적으로 성장했을 무렵, 그러니까 콘텐츠 고갈 시기가 있었다.

그때 게임사는 돌연 공지 사항을 올렸다.

정규 업데이트

드림 사이드 1은 1년 만에 정규 업데이트를 진행했고, 그날을 기점으로 드림 사이드 전역엔 C급 던전이 우후죽순 나타나기 시작했다.

'하지만 지구는 C급 던전이 이미 나타난 뒤야. 플레이어들도 C급 정도는 가뿐히 공략할 수 있고.'

그렇다면 정규 업데이트를 통해 무엇이 바뀔까.

간단히 생각해 볼 수 있었다.

'정규 업데이트는 난이도를 대충 10단계는 껑충 올리는 업데이트야. C급이 이미 있다면 아마…… B급이겠지.'

지구로 업로드될 정규 업데이트는 바로 B급 던전의 대단위 등장일지도 모르는 것이다.

김훈은 혀를 차면서 말했다.

"근데 막을 수 없었어요. 말을 들어야 말이죠. 애초에 길드의 대다수는 경험자가 아니었으니까요."

"……경험자는 또 뭐죠."

"그들은 드림 사이드 1을 플레이해 보지 않은, 오직 2만의 플레이어들이란 얘기죠."

말하자면 '나도석' 같은 자들이다.

게임이 현실이 되면서 어떻게든 플레이어가 될 수밖에 없었던 사람들.

"그들에겐 천외천도 옛사람에 불과합니다. 정말 막무가내죠. 그나마 나도석 님이 있을 땐 괜찮았는데 요즘은……."

"나도석 씨…… 어디 갔습니까?"

"아, 그건 차차 설명해 드리죠. 중요한 건······."

그때였다.

쇼핑센터의 바깥에서 뭔가 요란한 소리가 들려오기 시작한 것은.

강서준이 가장 먼저 그 소리를 들었고, 다른 사람들도 차츰 소음을 깨달았다.

김훈은 공간 이동으로 빠르게 바깥을 살펴보고 오더니 말했다.

"지원군이에요. 근데······ 왜 저들이 왔는지는 모르겠네요."

김훈은 쓰게 웃으면서 강서준에게 뭔가를 설명해 주려고 했지만, 그전에 철문이 거칠게 열리면서 일련의 플레이어들이 진입했다.

굳이 막는 사람은 없었다.

아크에서 파견된 플레이어 무리가 지원군으로 이곳에 합류한다는 소식은 다들 알고 있었으니까.

한편 그들은 구둣발로 쇼핑센터로 진입하더니 대뜸 사나운 기세를 뿜어냈다.

"이곳에 케이가 있다고 들었소만."

"······소만?"

"혹 그대가 케이요?"

무리 중 한복을 입은 누군가가 강서준에게 말을 걸었다.

놈은 대뜸 강서준을 향해 칼을 뽑아 들었다.

"이번 원정의 리더 자리를 받아 가기 위해서 왔소. 결투를 통해 원정대의 지휘 권한을 정했으면 하오."

"……."

"그럼 받아들인 걸로 알고."

그리고 그 말에 반박하고 나선 이가 한 명 더 있었다.

그는 아래에서 위까지 틈 하나 보이지 않을 정도로 두꺼운 갑주를 걸친 사내였다.

걸걸한 목소리로 말했다.

"누구 마음대로 결정하는 거야? 승부는 내 것이다."

"허어…… 탱커 집단이 무얼 하겠다고. 당신들은 적당히 몸빵이나 하면 될 것 아니오."

"닥쳐. 네가 방패로 안 맞아 봤지?"

두 사람의 사나운 기세에 쇼핑센터는 금세 전운이 감돌았다.

문제는 저 두 사람이 전부가 아니라는 건데.

지팡이를 휘어잡은 한 마법사도 대화에 합류했다.

"웃기고 있군요. 원정대는 우리 '진리의 추구자'가 지휘합니다."

"좋아. 다 덤벼…… 덤비라고!"

"이참에 우열을 나누는 것도 좋겠소."

그리고 이를 둘러보는 강서준.

"……뭐야. 이 머저리들은."

벌써부터 골치가 아프려고 했다.

다음 권으로 이어집니다

로망부터 장교까지

게르만 현대 판타지 장편소설

충성! 소위 김대한, 회귀를 명받았습니다!
눈치면 눈치 실력이면 실력
재력까지 모두 갖춘 SSS급 장교가 나타났다!

학군단 출신으로 진급을 꿈꾸는 김대한
거지 같은 상관, 병신 같은 소대원들을 끼고서
열심히 했지만 결국 다섯 번째 진급 심사마저 떨어지고
홧김에 술을 마시고서 만취 후 눈을 뜨는데……

2013년 6월 21일 금요일
오늘 수료일이지? 이따 저녁에 집에서 고기 구워 먹자
삼겹살 사 갈게~^^ -엄마

췌장암 말기로 병원에 있어야 할 어머니의 문자
아니, 12년 전으로 돌아왔다고?

부조리 참교육부터 라인 잘 타는 법까지
경력직 장교가 알려 주는 슬기로운 군 생활!

꿈의 도약, 로크에서 하십시오
(주)로크미디어에서 신인 작가를 모십니다

즐거운 세상, 로크미디어는 꿈을 사랑하고 도전을 두려워하지 않는 작가 분들의 참신한 작품을 기다리고 있습니다. 21세기 장르 문학계를 이끌어 갈 차세대 선두 주자 (주)로크미디어에서 여러분의 나래를 활짝 펴 보시길 바랍니다.

모집 분야 판타지와 무협을 포함한 장르 문학
모집 대상 아마추어 작가, 인터넷 작가
모집 기한 수시 모집
　　작품 접수 시 유의 사항
　　1. 파일명은 작가명_작품명.hwp형식을 갖춰 주십시오.
　　1. 파일에 들어갈 내용은 다음과 같습니다.
　　　　— 성명(필명인 경우 실명을 밝혀 주세요), 연락처, 이메일 주소
　　　　— 제목, 기획 의도
　　　　— A4용지 1장 분량의 등장인물 소개
　　　　— A4용지 2장 분량의 전체 줄거리
　　　　— 본문
　　1. 작품이 인터넷에 연재되고 있다면, 게시판명과 사이트의 구체적이고 정확한 주소를 기재해 주십시오.

선택된 작품은 정식 계약 후 출판물로 간행되어 전국 서점에 유통됩니다.
작가 분은 (주)로크미디어의 전폭적인 지원하에 전속 작가로 활동하시게 됩니다.
※ 자세한 내용은 로크미디어 홈페이지(rokmedia.com)를 참조하세요.

(04167)서울시 마포구 마포대로 45 일진빌딩 6층
(주)로크미디어 편집부 신간 기획 담당자 앞
전화 : 02) 3273-5135
www.rokmedia.com　　이메일 : rokmedia@empas.com